追本窮源
粵語詞義趣談

插圖本·修訂版

Tracing the Source

Fun with
Cantonese Words
and Phrases

陳雄根

何杏楓

張錦少

著

目錄

i

修訂説明

　　《追本窮源：粵語詞彙趣談》初版於 2006 年由三聯書店（香港）有限公司出版，旨在以生動有趣的方式，向讀者介紹粵語常用詞彙的寫法和讀音。本書題為"追本窮源"，有追溯本源之意，希望透過本字的考釋，讓讀者可以了解粵語詞彙在年月裏的演變。書中把所選詞彙的本字和日常寫法並列，初版依黃錫凌《粵音韻彙》的系統標音。

　　近年粵語再度成為社會關注的焦點，大家對母語中的日常用語又再感到興趣。《追本窮源》出版多年，已難於坊間購得，感謝鄭海檳先生協助再版。修訂版應海檳先生的建議，把書名修訂為《追本窮源：粵語詞義趣談（插圖本·修訂版）》），並由三聯書店把原有拼音改為香港語言學學會的粵拼方案拼音，讓香港讀者和內地粵語文化愛好者均能識字辨音。三位作者分別就考證說明、小故事和附錄加以修訂，盼望本書有助大家探尋粵語的根源。

香港中文大學

中國語言及文學系副教授

雅禮中國語文研習所所長

何杏楓

二〇二二年二月五日

序言

　　陳雄根兄和中文系同事編寫了《追本窮源：粵語詞彙趣談》一書，要我作序。我雖不是粵人，居港逾四十年而說粵語仍帶鄉音，對粵語的一些微妙之處仍掌握得不好。但想到此書的緣起是電視台的節目，我是雙方合作的介紹人；而且研究方言是我的本行，對中國東南部的一些方言也略知一二，於是不辭譾陋，也來談談我對方言詞彙的一些看法。

　　雄根兄在〈前言〉中說，本書分析的字詞中，"都涉及本字的考釋"，這是本書內容的重點。中國人對方言的研究，是始於詞彙的，那就是由漢代流傳至今，世界上現存最早的方言著作──揚雄的《方言》。方言研究經過長時間的沉寂，隨着清代各種學術的中興，方言研究也蓬勃起來，但主要的研究範圍還是方言詞彙。除了為《方言》作校勘箋疏外，尚有不少是對方言俗語作輯錄和考證的，如：錢大昕的《恆言錄》、翟灝的《通俗編》、胡文英的《吳下方言考》、詹憲慈的《廣州語本字》和楊恭桓的《客話本字》等。其中又以章太炎的《新方言》的成就最高，時有精闢的見解。民初以後的方言研究，雖然轉而着重語音，但對於本字的考證，則永遠的吸引着方言研究者的注意。從描寫語言學的角度看，或者可以不理某詞的來龍去脈，對於來歷不明的詞，我們可以代之以"□"。但受過傳統學術訓練的學者，對於考據之學，總是念念不忘。總喜歡在經典文獻中，在早期的字典韻書中，找到今日某方言仍在使用的字詞，偶有所得，那種興奮，跟科學家的發現並無不同。前輩學者自述研究方言甘苦時，曾告誡後輩不要沉迷於考本字，説找對了本字，也不過是錦上添花，找錯了，反成了畫蛇添足。但這卻無礙學者在考本字工作上的努力。

考本字除了是做嚴肅的考證，對一般的讀者而言，也是饒有趣味的一件事。方言區的人，總以自己的方言古老為榮，但卻未必能提出證據。考本字可以舉出某書某句的某字正是自己方言的某個詞，說服力因而增加，也大大的加強對自己族群的認同，這就是趣味之所在。電視台設計"妙趣廣州話"這個節目，除了宣揚文教，也是看中它的娛樂性。本書的編寫，正是發揮了這方面的特點。一方面，把枯燥的語言學常識以生動的形式介紹給讀者；另一方面，本書從故事、插圖到提供的知識，帶給讀者以求知的愉悦。我覺得，這是一次有益的嘗試，大學教授是可以做深入淺出的普及文章的。

雄根兄承認"考釋本字是吃力不討好的一回事"，對本字的認定，有爭論是難免的。本書所考釋的一百個詞語，不可能全部正確，一些詞語可以進一步討論，或解釋更仔細一點。但其中解釋得合理的，卻是趣味盎然，揭示語言中容易被忽略的事實。如本書第 80 條"黃黯黯"和第 81 條的"烏黢黢"。從結構上看，它們是漢語形容詞一種重疊形式，即一般人説的 ABB 式，如：普通話的"紅彤彤"、"黃燦燦"，粵語還有"白雪雪"等。前面是形容詞 A，後面重疊的字 B，基本上也和顏色或是光線有關。"黃黯黯"的"黯"字見《説文解字》黑部，解釋是"淺黃黑也"，"黃黯黯"在粵語是表示帶貶義的"黃黃的"（略黃）。用 AB 這些字母寫成公式，看不到這個詞的內部聯繫，如能細心推敲，就可以看到 A 和 B 的關係。A 的顏色詞"黃"，和 B 的疊字"黝"意義是相應的。至於"烏駿駿"，如果寫成"烏卒卒"，"卒"是假借字，也看不出 A 與 B 的關係了。現在本書把"卒"字的本字定為"駿"，收在宋代韻書《集韻》裡，意義是"黑也"，讀音是"促律切"，這個詞來龍去脈就清楚了。

要進一步討論的是，"駿"是一個形聲字，從"黑""夋"聲。"夋"字在《說文解字》是從"夊""允"聲，即上面的"允"是聲符，下面的"夊"是義符。"允"字的韻尾是"-n"，從夋得聲的一批字，如"俊、駿、逡"也都是讀"-n"尾的，"駿"卻音"卒"，讀收"-t"尾的入聲，怎樣解釋這個現象呢？

原來在中國音韻學上，有一種"陰陽入對轉"的語音關係，這種現象，在上古音尤其多，是上古音的一個重要的特點，它同時保留在有入聲的方言中。簡單來說，一組字如果有相同的元音，它們之間就有讀音的關係，例如："寺"是元音收尾的陰聲韻，它可以作為收"-ŋ"的"等"字的聲符，而收鼻音"-ŋ"尾是陽聲韻。它又可以作為收塞音"-t"尾"特"字的聲符，而收塞音"-t"的韻母是入聲韻，據音韻學家的解釋，"寺、特、等"三個字在古韻分別屬之部、職部、蒸部，是以"ə"為主要元音的一組韻母，所以三個表面上讀音相差很遠，分別屬陰聲韻、入聲韻、陽聲韻的字，在古音有密切的關係，可以因"對轉"把它們連結起來。

說回"駿"字。它以收"-n"的"夋"為聲符，但實際讀成收"-t"的"卒"音，就是陽（收"-n"）入（收"-t"）對轉的關係，所以從音韻的角度看，把"烏卒卒"這個詞"卒"字的本字定為"駿"，是完全說得通，而且證據充足的。本書有不少這樣精彩的發掘，這是非常可喜的。當然，本書不可能在每個詞語上都像上面的例子分析得這樣深入細緻，這樣做，會使全書變得深奧，一般讀者不接受，影響了書的普及。我們期望本書的作者可以繼續這方面的工作，另外編寫一些考本字的專著，使粵語的研究工作更上一層樓。

香港中文大學
中國語言及文學系教授
張雙慶
二〇〇六年三月二十七日

前言

　　粵語又稱"廣州話"，是漢語方言之一，有着悠久的歷史。粵語的詞彙，不少是來自古漢語詞的。由於粵語屬於地方方言，多用於口語，少用於書面語（指用現代漢語寫成的白話文），因此，不少人對粵語詞彙的本來寫法，便不甚了了。

　　香港隸屬粵方言區，粵語是大多數港人的母語。本地的中小學校，多以粵語為教學語言。市面的報刊，不少利用粵語來報道資訊，或刊登以粵語撰寫的文章。由於粵語詞彙的寫法，並沒有任何規範，因此有時會出現一字多形的現象，如："給予"的意思，粵語唸"bei2"，便有"畀"、"俾"、"比"等寫法。又如："膝頭骨"，粵語稱"膝頭哥"，其中"哥"有何意義，如不追尋這裡的"哥"原來寫作"髁"，恐怕不易明白箇中意蘊。

　　二〇〇〇年九月，香港電視廣播有限公司籌拍一個名為"妙趣廣州話"的節目，節目的內容是介紹有本字可考的粵語，旁及一些香港常見詞彙的寫法和讀音。該節目的負責人找本系同人協助提供資料，那時本系剛成立粵語研究中心，於是便以中心的名義接受邀請，並由本中心委派兩位同事負責蒐集資料和撰稿，再由另兩位同事審閱，然後交電視台編輯選用、修訂。攝錄時，本中心又派出兩位同事——何杏楓博士和黃念欣女士——輪流在節目中主持講解。在攝製的過程中，電視台與本中心工作人員，經常就節目內容進行討論，字斟句酌，費時雖多，但為了避免出錯，我們都認為是值得的。該節目在同年十月啟播，共播出十多集，累積了好些材料，本中心同人遂計劃將之結集出版，作為同人多月來研究的小結，並藉此以誌本中心與電視台合作的一段情緣。

本書的內容，以粵語研究中心提供給電視台的初稿為底本，加以修改及補充而成。書中將所收的粵語詞彙，按性質分類，分別介紹其寫法、讀音和意義。當中每個詞彙的討論，都涉及本字的考釋。我們這樣做，無意主張復古，鼓勵人人寫本字（如："打尖"要改為"打櫼"、"牙擦擦"改寫為"牙齰齰"等），畢竟，文字的寫法是隨時代而變的，後起字、假借字取代本字，往往而有。我們希望透過介紹本字，讓讀者明白粵語詞彙在形、音、義三方面的演變，從而加深其對粵語的認識。

文字的考證，往往是枯燥乏味的，為提高閱讀的興趣，書中每介紹一字或一詞，前附一個以對白組成的小故事，故事由何杏楓博士創作，以輕鬆活潑的筆觸寫成，本書的副題以"趣談"命名，小故事正是"趣談"的主要元素。每一字項或詞項均附以插圖，以收圖文並茂之效。篇末附載二表，分別是"本書所用的粵音聲韻調表"和"本書所收粵字今音與《廣韻》音對照表"。在撰寫本書的過程中，本系研究生吳潔盈、鄧依韻協助小故事的構思，王艷杰就書中的粵語與普通話對應的句例，進行校訂工作，藝術系柯曉冬同學負責繪畫插圖，令本書生色不少，謹此致謝。

考釋本字是吃力不討好的一回事，同一個粵語詞彙，本字的考訂，有時眾說紛紜，莫衷一是。我們在判斷本字時，儘可能提供訓詁的依據；說法不一的，則小心考證，擇善而從。為

了照顧普羅大眾，本書説解文字力求淺易，不作深奧的説理，
故考證點到即止。由於著者識力所限，錯誤或恐難免，祈望學
者、前輩不吝指正。

香港中文大學

中國語言及文學系粵語研究中心主任

陳雄根

二〇〇四年十月

索引

詞彙分類檢索

粵音音序檢索

正文

手搊

（手抽）sau2 cau1

一搊二拎找鎖匙

妹妹打開了木門，看到姐姐站在鐵閘外……

妹妹： 沒有帶鎖匙嗎？不停地按門鈴。

姐姐： 你看我買了這麼多東西，"一搊二拎"的，"搊"鎖匙又找不出來，還不快給我開門。

妹妹： 哈哈，早已提醒你外出買東西最好帶個大"手搊"。我不開門呢，誰叫你昨晚"搊掯"我沒把碗洗好。

姐姐： 那你便不要開門吧，給你買的冰淇淋要溶掉了。

"手抽" [sau2 cau1] 今寫作 "手抽"。"抽" 就是 "手抽"。[1] "手抽" 是有挽手的袋子，通常是用紙或塑膠造成。另外，"手抽" 又可指軟質的提籃或藤籃子。"抽" 的本義是 "引起"，[2] 並無 "手抽" 之義。"抽" 在粵語裡有 "拉起"、"抬起" 的意思，由於 "抽" 的筆畫較 "抽" 簡單，也較易辨識，故後來把 "抽" 取代了。

"抽" 也解作 "提起來" 的意思。例如："你抽住咁大袋行李去邊？"（"你提着這麼大袋的行李去哪兒啊？"）"抽" 又可作量詞用，如："一抽提子"、"一抽鎖匙"、"一抽行李" 等。

以下介紹跟 "抽" 有關的幾個詞語。"抽後腳" 就是指抓住別人話語中的把柄。"抽掅" [cing3]（音 "秤"）即是 "挑剔"，如："成日俾老細抽掅，認真冇癮。"（"整天被上司挑剔，十分沒趣。"）至於 "抽痛腳" 就是指抓住別人的弱點，也叫 "揸（通'揸'）痛腳" 或 "捉痛腳"。

另一詞語——"一抽二㧎 [lang3]" 有二解，一是形容東西多，大包小包的。如："佢一抽二㧎嗽，一個人點拎 [ling1] 得起呀？"（"他大包小包的，一個人怎能拿得起呀？"）另一個意思是形容孩子多，如："佢而家一抽二㧎，仲邊得閒同我哋打牌吖！"（"她現在孩子多了，哪有空跟我們打麻將！"）

---

① 《廣韻·尤韻》："抽，手抽。"
② 《説文·手部》："揂，引也。……抽，揂或從由。"

扼

（鈪）aak3-2（原讀 "aak3"，變調讀 "aak2"）

扼子之手，與子偕老

金飾店的櫥窗玻璃上，映着一雙情侶……

男朋友： 看，最前排中間的那隻戒指很雅緻，你戴上了一定很好看。送給你，怎樣？

女朋友： 人家才不要戴你的戒指呢！

男朋友： 那……看看這邊的 "手扼" 吧……

女朋友： 不要，像監犯的手銬。

男朋友： 戒指和 "手扼"，都是要把人鎖起來的金剛圈呀！ 就是想你戴上了，一揚手，就想到我來。

女性配戴的"手鈪"[aak3]，現在寫作從"金"旁的"鈪"。"鈪"的本字是"戹"，讀作"ak1"。"戹"的本義是"握持"，^①引申有"抓住"、"據守"等義。^②

唐代有"戹臂"一詞，解作"手鐲"，^③是套在手腕上的環形裝飾品，多用金屬製成，粵語保留"戹"所表示的"手鐲"義，卻將它改寫成"鈪"，讀作"aak3"，自"鈪"出現後，便取代"戹"而成為"手鈪"的專用字。

現在，"手鈪"的"鈪"[aak3]在口語中又會變調讀成"aak2"，而製造"手鈪"的原料，也不限於金屬。舉凡金鈪、銀鈪、銅鈪、玉鈪、藤鈪、珍珠鈪、膠鈪，均用從"金"的"鈪"來表示了。

● 變調

字和字連起來說，有時會產生字調與單說時不同的現象，稱為"變調"。變調通常出現在口語裡，往往由低聲調轉讀成高聲調。以粵語為例，如："乞兒"的"兒"，原讀陽平聲"ji4"，變調讀陰平聲"ji1"，稱為"高平變調"。又如："雞蛋"的"蛋"，原讀陽去聲"daan6"，但在"雞蛋"一詞中，"蛋"變調讀陰上聲"daan2"，稱為"高升變調"。

① 《說文·手部》："搤，把也。……戹，搤或從厄。"段玉裁注："戹，今隸變作扼。"
② 《漢書·卷五十四·李廣蘇建傳》："臣所將屯邊者，皆荊楚勇士奇材劍客也，力扼虎，射命中。"顏師古注："扼謂捉持之也。"《新唐書·卷一七一·李光顏傳》："密遣田布伏精騎溝下，扼其歸。"按："扼"有"據守"之義。
③ 《太平廣記·卷六十九·張雲容》："今有金戹臂，君可持往近縣易衣服。"

金叵羅

（金筶籮、金菠蘿）gam1 bo2-1 lo4-1

心上的金色菠蘿

廚房裡一段帶着油煙的對話……

祖母： 仔呀，你勸勸家嫂吧，別動不動便 "藤鱔炆豬肉"（指用藤條體罰），我孫兒不真那麼頑皮吧，小孩子總是要耐心地教的呀。

父親： 打幾下不算甚麼，像你說的，小孩都要教嘛。

祖母： 你小時也常惹我生氣呢，我甚麼時候拿過藤條伺候你來？

父親： 媽，你就總是慣着孫兒，怪不得大家都說他是你的 "金叵羅"。好了，別勞氣（多費口舌），你今晚給我們弄了甚麼好吃的？

祖母： 你自己不會看嗎，不就是菠蘿炒牛肉。

"金叵羅" [gam1 bo2-1 lo4-1]，一作"金笸籮"，一作"金菠蘿"，原詞以"金叵羅"出現最早。"金叵羅"照字面當讀成"金頗羅" [gam1 po2 lo4]，如今讀"gam1 bo1 lo1"，是變音的讀法，"金叵羅"相傳是飲酒用的金杯。

　　《北齊書‧祖珽傳》記載神武皇帝宴請群臣，席上失去金叵羅，於是下令赴宴的人脫帽搜查，結果在祖珽的髻上找回失物。從這個故事中，可知"金叵羅"是一件非常珍貴的飲酒器具，不然不會惹人貪念，把它竊取。唐代詩人李白有《對酒》詩云："蒲萄酒，金叵羅，吳姬十五細馬馱。"[①]詩中的"金叵羅"指的便是酒杯。

　　可是"金叵羅"的"叵羅"本身並無"杯"或"飲酒器具"的意思。初步推測，"金叵羅"可能是外來的音譯詞。古代漢語和藏語有很密切的語源關係，藏語有"khɐm - phor"一詞，解作陶杯。[②]如果"金叵羅"是"khɐm - phor"的音譯詞，那麼"金叵羅"便不是用金製的了。但無論"金叵羅"是用甚麼製造，它是一種珍貴的杯，是無庸置疑的。

　　粵語承用"金叵羅"一詞，保留"珍貴之物"的意思，但更多時候將它借喻為極受寵愛的孩子。如說："佢個細仔係佢嘅金叵羅。"（"他的小兒子是他最疼愛的孩子。"）

---

① 《全唐詩》，冊6，卷184，頁1881。
② 施向東：《漢語和藏語同源體系的比較研究》，頁43。

香笄

（香雞）hoeng1 gai1

4

香笄腳與燒春雞

父親跟小兒子站在烤雞店的木櫃台前……

兒子： 爸爸，我以後也不要吃燒春雞了。

父親： 為甚麼呢？你最愛吃這個。

兒子： 同學笑我，説我有一雙 "香笄腳"，不肯和我一起踢足球。我的腳真那麼像雞腳嗎？媽媽和妹妹都不吃 "鳳爪"，説雞腳難看呢！

父親： 那跟不吃燒春雞有甚麼關係呢？

兒子： 中國人説以形補形呀，吃核桃補腦，我這麼愛吃雞，怪不得長了 "香笄腳"。

父親： 吃雞好，你沒聽人説過 "雞咁腳咁走" 嗎？雞是跑得很快的。你多吃點，別偏食，腿慢慢粗壯起來，便不會有人再笑你長着 "香笄腳" 了。

"香笄"一般寫作"香雞"。"香"是用木屑摻香料製成的
幼條，燃燒時發出香味，在祭祀祖先及拜神時用。"香"也可
以加上藥物來薰蚊子（如："蚊香"）。"笄"本指用竹造的幼
長髮簪，[①]燒香後剩下的幼長的竹籤，因形狀似髮簪，故叫
"香笄"。"香"燃着後，通常放在香爐內以供奉神靈或祖先；
香燒盡後，香笄便留在香爐內。

　　"織香笄"是把香笄編織成玩物，這是二十世紀五六十年代
孩子的玩意。由於香笄多加上紅色染料，因此"織香笄"後，
雙手都染紅了，頗不衛生。香笄形狀幼長，故"香笄腳"便用
以比喻又瘦又長的腿。

---

① 《說文·竹部》："笄，簪也。"

挨凭椅

aai1 peng1 ji2

挨凭代表我的愛

一對新婚夫婦在傢具店裡……

丈夫： 老婆，你看這套餐桌椅如何？

太太： 餐桌還不錯，木色很好看，質感也厚重。只是那些椅子沒有靠背，坐着不太舒服啊。

丈夫： 那麼我們問問店員，可否把餐桌獨立買下來，另外再配幾張合襯的"挨凭椅"吧！

太太： 如果不能分拆買下怎麼辦？

丈夫： 那當然是再找別家吧！你嫁了我，我總得要你有頓安樂茶飯，又有個靠背好好挨着。我怎不會讓我老婆生活得舒舒服服的？

"挨凭椅" [aai1 peng1 ji2] 的 "凭" 本音 "朋" [pang4]，或作 "憑"，本義是 "依靠"，或指靠在几欄等物體上。[①] "凭" [pang4]，口語讀成 "peng1"，指椅子上的靠背（即 "椅凭"），或指牀前的橫木（即 "牀凭"），"挨凭椅" 是指有靠背的椅子。

　　粵語口語中，"凭" 有另一個讀音 "bang6"，"挨凭" [bang6] 解作 "依靠" 或 "靠山"。如説："老來有個伴 [pun5]，都有得挨凭 [bang6] 下。"（"晚年有個伴兒，就有得依靠了。"）而人們有時説 "挨挨凭凭 [bang6]"，就是指人常常倚在牆上或椅子上，形容坐立的姿勢不夠挺直。

　　至於 "挨凭" 的 "挨"，有 "接近" 的意思。粵語中，如 "挨晚"（"晚" 讀本音，也可讀陰平聲），即 "黃昏"、"傍晚"。"挨" 與 "近" 可結合成詞，"挨近" 即接近，如："挨近天光"，即 "接近天亮"；又如："間屋挨近河邊"，是指那間房子靠近河邊。"挨" 與 "近" 又可分拆而用，如："挨年近晚"，是 "接近年底" 的意思，也就是説新年快到了。

---

① 〔唐〕慧琳《一切經音義》引《説文》云："凭，依几也。"今本《説文》無 "凭" 字。

開襱褲

（開浪褲）hoi1 nong6 fu3

浪子的褲

一對父子在看電視武俠劇……

兒子： "開襱褲"跟浪子有關係嗎？

父親： 沒有的，為甚麼這樣問？

兒子： 昨晚，我看到劇中的惡霸跟浪子說："你這傢伙，你老子我行走江湖時，你還在穿'開襱褲'呢！"

父親： 哦，那惡霸是在表示自己年紀大，有閱歷，而那浪子只是個小朋友。"開襱褲"是小朋友才穿的。

兒子： 為甚麼我不穿"開襱褲"呢？

父親： ……現在好像沒有那樣的褲了……但我從前是穿過的。

兒子： 那麼，爸爸，你從前是浪子嗎？

父親： ……

"開襠褲" [hoi1　nong6　fu3] 的 "褲" 讀 "nong6"，也可變調讀 "nong2"。"褲" 一作 "儴"，是 "寬緩" 的意思。[①] "褲" 今解作 "褲襠"，"開襠褲" 指小孩穿的開襠褲，"密襠褲" 則指小孩子穿的不開襠褲子。

　　説人穿着開襠褲，是指對方尚在孩提階段，如："我出嚟行走江湖嘅時候，你仲係着緊開襠褲咋！"（"我出來行走江湖的時候，你還是個小孩子哩！"）

　　"開襠褲" 的 "褲" 今多作 "浪"，粵人慣讀懶音，每將 "n-" 聲母字改讀為 "l-" 聲母，"褲" 由 "nong6" 改讀為 "long6"，是其一例。最終，"褲" 改寫為 "浪"，更是將此字改讀為 "long6" 以進一步肯定，讀音習非勝是，可見一斑。

012

013

---

① 《集韻・宕韻》："儴，寬緩也。或從糸從衣。"

罌罌罉罉一個甕

祖母在廚房門上的玻璃窗看到孫女在外面玩耍……

祖母： 別只顧玩"煮飯仔"，過來吧，拿個真"甕"給我盛飯。

孫女： 嫲嫲（奶奶），改天把這個"甕"丟掉吧，舊得像出土文物。

祖母： 這個"甕"也跟着我許多年了，現在有錢也難買到。你爸爸從前就用這個"甕"盛飯到工廠上班，現在"甕"蓋丟了。

孫女： 那可像我盛飯上學的膠（塑料）飯壺。

祖母： 對了，快把電子"瓦罉"裡的牛肉放入飯壺，不然你明天上學沒東西吃。快開飯了，你再不收好滿地的玩具"罌罉"，我便抨（撢）你出街。

faan6 paang1 的 “paang1” 寫法是 “瓶”。“瓶” 本音
“paang3”，變調讀 “paang1”，瓶像罌 [aang1] 一類的瓦器（“罌”
原指用瓦或陶製的圓罐，略扁，有蓋，如：“鹽罌”、“油罌”
等）。其後，“飯瓶” 改用金屬製造，用以盛飯，器身呈圓椎
形，平底，器壁直立，有蓋，有耳供提握。二十世紀五六十年
代，香港工業發達，工人上班，多把午餐放入飯瓶內，攜帶入
工廠進食。後來，飯瓶被飯壺取代（飯壺用塑料製造，有些更
配以玻璃內膽，以起保溫作用，而形體則與飯瓶相似），而 “飯
瓶” 一詞便逐漸消失了。

　　“瓦罉” [ngaa5 caang1] 一般寫作 “瓦鐺”，“鐺” 是後起的
寫法。“鐺” 是古時一種溫器，似鍋，三足，如：“酒鐺”、“茶
鐺”。“鐺” 也指古時烙餅或做菜用的平底淺鍋。現在 “瓦罉”
是指沙鍋，其底部通常呈平扁狀，而 “電子瓦罉” 就是利用電
力來煮食的沙鍋。

8

揾子

waa1-2 zi2

與其揾爛面，不如敷面膜

辦公室有點悶熱……

甲小姐： 豈有此理，那傢伙又害我被上司罵了一頓！

乙小姐： 他總是這樣，功勞全歸自己，黑鍋就推到我們頭上。

甲小姐： 這次就算"揾爛塊面"，也要跟他算清這盤賬！

乙小姐： 算了吧，這人一心"揾銀"，見錢開眼，別跟他一般見識。我們還要面帶笑容，保持風度，天天敷保濕面膜，保持最佳狀態呢！怎值得為這種人"揾爛塊面"。

"搲"[waa1-2] 是"以手捉物"① 或"以手爬物"② 的意思。"搲子"是以前兒童的遊戲，以若干石子或盛放了沙子（或米粒）的小布袋作玩具，幾人輪番抓擲（邊拋邊拾邊接），以定勝負。這種傳統遊戲，已有好幾百年的歷史。根據專家研究，"搲子"遊戲對訓練兒童的眼靈手快，促進腦部發展，很有裨益，可惜這種遊戲現在沒有人提倡，大多數兒童已不懂得這種玩意了。

　　"搲"也有"用手指甲抓"的意思，如："搲損隻手"，是指抓傷手部。"搲爛塊面"是撕破面皮，有不理一切、不顧羞恥的意思。"搲"今又讀作"we2"。

① 《集韻·麻韻》："搲，手捉物。"
② 《類篇·手部》："搲，吳俗謂手爬物曰搲。"

9

銀銀　電銀鐘

long4-1 long4-1　**din6 laang1 zung1**

掛上銀銀的狼

在學校裡，小息時間……

女生甲： 你繫在書包上的小貓娃娃真可愛，可以讓我看看嗎？

女生乙： 那是一隻狼呢，洋娃娃很少是狼的模樣，我起初也以為是隻貓。

女生甲： 設計很特別呀，脖子上還有個銀鈴，"銀銀"地響。在哪兒買的？

女生乙： 不知道啊，人家送的。

女生甲： 又是你那個觀音兵嗎？怎麼送這個，他是小色狼嗎？

女生乙： 甚麼小色狼，不許你這樣說他！"打銀鐘"了，還不快去上課。

"䩲䩲"[long4-1 long4-1] 的 "䩲"，本音 "郎" [long4]，變調讀 "long1"。"䩲" [long4] 本義是 "䩲鐺"，解作 "鐵鏈"、"刑具"，[1] 後解作 "鐘聲"、"鐘" 及 "鈴" 等義。[2] "䩲䩲" 是小銅鈴，也是小孩的玩具，從聲音得名。如說："俾個䩲䩲 BB 玩，佢就唔會喊。"（"給孩子玩小銅鈴，他便不會哭。"） 如今，"䩲䩲" 玩具已不限於用銅造了。

　　"䩲" [long1] 又變音讀 "laang1"，"電䩲 [laang1] 鐘" 就是 "電鈴"，也叫 "電鐘" 或 "䩲 [laang1] 鐘"。如說："打䩲鐘啦，快啲入班房。"（"上堂鈴響了，快點兒進教室。"）"䩲 [laang1]" 也用作象聲詞，形容鐘聲，如說："個鐘䩲䩲聲咁響。"（"電鐘鈴鈴地響起來。"） 又解作鈴響，如："個鬧鐘䩲咗成分鐘，佢都唔醒。"（"那個鬧鐘響了快一分鐘了，他還沒醒。"）

① 《説文解字繫傳・金部》："䩲，䩲鐺，鎖也。"
② 《廣韻・唐韻》："䩲，䩲鐺，鎖頭。一曰鍾（鐘）聲。"〔唐〕杜甫《大雲寺贊公房四首》之三："風動金䩲鐺。" 清人仇兆鰲《杜詩詳注》："此詩所用，當指鈴鐸。" 見該書第一冊，頁 335～336。

鎝

taap3

10

追本窮源：粵語詞義趣談

鎝埋度門去塔門

一家三口提着旅行袋⋯⋯

父親： 夠鐘（到點）出門了，東西都帶齊嗎？

母親： 是呀，兩小時才一班船，漏了東西也沒時間回來拿的。檢查清楚，我"鎝"埋門（鎖完門）就走。

妹妹： 我們"鎝"埋度門就去塔門！但媽媽，你為甚麼説"鎝"門而不説"鎖"門呢？

母親： 我一直都是這樣説的⋯⋯小時候在鄉下，會用個銅"鎝"來"鎝"門⋯⋯呀，差點忘了，你拿支筆，記下舅母的手提電話號碼，以備在碼頭碰不上時聯絡。

妹妹： 不用拿筆，把號碼輸入手提電話便可以了！

母親： 我查看不方便呀！叫你拿便拿吧！找一支有彈弓的，不要有筆"鎝"那種，萬一筆"鎝"丟了，筆芯會把放在一起的東西弄髒⋯⋯

"鎅"的本義是金屬套，[①] 可引申為"器物鎅頭"。[②] 如："筆鎅筒 [tung4-2]"是毛筆套。現在，"筆鎅筒"可以用金屬造，但更多是用竹或塑料製造。"鎅"由"鎅頭"引申為"套上"的意思，如說："鎅好枝筆"（把筆套好）。由於"鎅"字不常用，人們不明白"鎅"的意義，久而久之，便將"筆鎅筒"誤讀成"筆插筒"，也把"鎅好枝筆"讀成"插好枝筆"了。

　　"鎅"又引申為"鎖上"的意思，如："鎅埋度門"（把門鎖上）、"鎅好個櫃桶"（把抽屜鎖上）等。此外，舊式的銅鎖也叫"鎅"，如："一把鎅"、"銅鎅"等。

①《説文·金部》："鎅，以金有所冒也。"
②《玉篇·金部》："鎅，器物鎅頭也。"

爆破膏

（爆拆膏）baau3 caak3 gou1

爆破豈非如拆皮

母親梳妝桌上的鏡子，映着小姐妹的臉……

妹妹： 我這陣子臉上又癢又痛，好像要裂開似的，你有試過這樣嗎？

母親： 那可能是天氣乾燥，皮膚"爆破"了。

妹妹： "爆破"，聽起來很可怕，皮膚真會爆開嗎？

姐姐： 那當然呀！你有看過別人拆屋嗎？一磚一瓦的拆下來。

妹妹： 那我豈不要像卡通裡的爛面鬼，怎麼辦呢……

母親： 傻丫頭，姐姐只是在說笑，皮膚"爆破"，塗一點潤膚霜或"爆破膏"便沒事了。

"爆坼"[baau3 caak3] 俗作"爆拆"。"爆"有"裂開"的意思，"坼"指"皮膚皺裂"。[1]冬天天氣寒冷乾燥，皮膚容易皺裂，叫"爆坼"。

　　"爆坼膏"是防止皮膚皺裂的藥膏，今天的潤唇膏也有防止"爆坼"的作用。

　　"爆坼"的"坼"今為同音而筆畫較少的"拆"字取代。其實，"拆"字的正確用法有以下幾種：(1) 打開，如：拆信、拆禮物；(2) 拆毀，如：拆屋、拆牆；(3) 揭露，如說："拆穿佢啲詭計"，即揭露他的陰謀；(4) 解說，如：拆籤，即解說籤中含義；(5) 解散，如：拆檔，即是散夥之意。"拆"本身沒有"皮膚皺裂"之意。

①《玉篇·皮部》："坼，皺坼也。"

白蛇

（白鮓）baak6 zaa6-3

游來游去的 "白蛇"

路上排滿了五顏六色的車子……

太太： 小心，前面有 "白蛇"！

丈夫： 甭擔心，我們的車沒超速……看，前面的車給截下來了。

太太： 為甚麼交通警察會是 "白蛇" 呢？

丈夫： ……大概因為他們的頭盔是白色的，所以就叫 "白蛇" 吧……

太太： 那 "蛇" 是一種魚嗎？

丈夫： 這個不清楚，我們俗寫作 "魚" 字旁的 "鮓"。說着說着，令我好想吃炸魚呢！

"白蚝"現在有"白鮓"、"白炸"和"白蚱"等寫法，本字寫作"白蚝"。據宋代韻書，"蚝"是水母，[1]而"鮓"（一作"蚱"）是一種海魚。[2]到了明代，"鮓"和"蚝"互相通用，便把水母稱作"鮓"。[3]"蚝"色白，所以又稱"白蚝"。

　　"白蚝"是腔腸動物，身體如傘狀，嘴部在傘蓋下面的中央，傘蓋周圍有很多觸手，觸手上有絲狀的刺，是攻擊敵人和自衞的武器，也能用來覓食。

　　香港人把交通警察稱為"白蚝"，原因大概是香港的交通警察的制服，除了衣袖是白色外，頭盔也是白色的，穿上制服的交通警察，仿如"白蚝"一樣；而且他們會向違例駕駛者發告票，就像"白蚝"用觸手攻擊敵人。

① 《廣韻·禡韻》："蚝，水母也。"
② 《集韻·禡韻》："鮓，海魚名，或作蚱。"
③ 〔明〕屠本畯《閩中海錯疏》卷中："水母，一名鮓。"

13

檐蛇

（鹽蛇）jim4 se4-2

吃鹽的蛇

一條檐蛇在牆上看着坐在沙發上看電視的一對父女……

女兒： 爸爸，爸爸，那隻躲在牆角的是甚麼？

父親： 那是"檐蛇"，不吃人的，別怕。

女兒： "檐蛇"？牠吃鹽的嗎？

父親： ……你去問問牠吧，別礙着我看電視。

女兒： 粗鹽和幼鹽都是白色的，不停吃，會變白蛇嗎？

父親： ……

女兒： 我們昨天吃蛇羹，是這種蛇嗎？怪不得味道那樣鹹，原來牠吃鹽！

父親： 不，我們吃的是蛇，這條是"檐蛇"，總之是不同的……

"檐蛇" [jim4 se4-2] 並不是蛇的一種，牠有另一個名字，很威風的，叫"壁虎"。之所以稱為"壁虎"，原因是這種爬行動物身體扁平，能在牆上爬行，專吃蚊蠅等小昆蟲。"檐蛇"並不吃鹽，"鹽蛇"只是個同音的俗寫。"檐蛇"的"檐"是指屋頂向旁伸出的邊沿部分，[①] "檐蛇"經常在檐邊出沒，所以有這樣的名稱。

　　"檐"本音"鹽"，後來在字形和字音上都衍生了變化。在字形上，"檐"有另一寫法作"簷"。"簷"是"檐"的後起字。在字音上，"檐"（簷）本音"鹽"，後來又衍生出新的讀音——"蟬" [sim4]。如："屋檐 [jim4]"，現在多稱為"屋簷 [sim4]"。許冠傑的經典金曲《浪子心聲》中的"檐畔水滴不分差"一句，"檐"亦唱作"sim4"。此外，"檐"還有一個口語讀法"淫" [jam4]，如："檐篷" [jam4 pung4]，便指遮雨的篷，多位於大門外的地方。

　　"檐"現在有三個讀法：讀書音作"鹽" [jim4]，新音作"蟬" [sim4]，口語讀音作"淫" [jam4]。但"檐蛇"的"檐"我們通常保留讀作"鹽"，反倒是"蛇" [se4]，則變調讀作陰上聲"se2"（音"寫"）。

---

① 《説文・木部》："檐，槺也。"段注："檐之言隒也，在屋邊也。"《廣韻・鹽韻》："檐，屋檐。"

14

擸尿蝦

（瀨尿蝦、賴尿蝦）laai6 niu6 haa1

大頭擸尿蝦不擸尿

在酒樓上……

父親： 部長，我們今天想吃海鮮，有沒有好提議？

部長： 今天花蟹和"擸尿蝦"很新鮮，要不要試試看？

母親： 好，先來一斤清蒸"擸尿蝦"、一隻花蟹、一隻貴妃雞和一客炒青菜吧。

妹妹： "擸尿蝦"會"擸尿"嗎？

哥哥： 好像你才會"擸尿"吧！你再"擸尿"，便"擸低"你在這裡，不帶你回家。

妹妹： 媽媽説你小時侯也"擸尿"的！你怎麼忘了，大頭蝦就只笑我！

哥哥： 哪裡有這樣的事！

妹妹： 還抵賴，你這大頭"擸尿蝦"，就只會"蝦"（欺負）我！

"攋尿蝦"現在有時寫作"瀨尿蝦"或"賴尿蝦"。"瀨"、"賴"都不是正字，正字是"攋"[laai6]。攋尿蝦是琵琶蝦的俗名，是一種淺海蝦。

　　"攋"有"遺棄"、"棄去"的意義，[①]如說："個細路成晚攋尿。"（"那小孩兒整晚尿牀。"）"攋"也引申有"留下"的意思，如說："我攋咗個銀包喺你度。"（"我把錢包留在你那兒了。"）

　　"攋尿蝦"除了是一種蝦的名稱外，也戲指常遺尿的小孩。有一首和攋尿蝦有關的童謠，云："攋尿蝦，煮冬瓜；煮唔熟，賴阿媽。"孩子大了，還經常遺尿，當然做母親的要負點責任了。

　　有一句俗語："臨天光攋尿"，是形容最後一刻出錯，或比喻晚節不保。

① 《集韻·駭韻》："攋，把攋，棄。"《類篇·手部》："攋，把攋，棄去也。"又："瀨"本解作"從沙石上流過的水"（《說文·水部》："瀨，水流沙上也。"），又解作"急流"（《廣韻·泰韻》："瀨，湍瀨。"），"賴"有"依靠"、"抵賴"等義。"瀨"、"賴"並無遺棄之義。

15

蟹屪　蟹㢜

（蟹掩）haai5 jim2　（蟹鋼）haai5 gong6

齧牙鬆㢜食蟹㢜

桌上的花蟹熱氣上騰⋯⋯

妹妹： 哇！螃蟹來了，螃蟹來了！

哥哥： 妹頭，要大力把 "蟹㢜" 咬開。

妹妹： 甚麼 "蟹㢜"？

哥哥： "蟹㢜" 就是蟹鉗呀。

母親： 你們拿這個鉗把 "蟹㢜" 鉗開不就成了。唉，哥哥你怎麼總是要戲弄妹妹，明知她剛掉了門牙，怎麼咬呢！也怪不得她總是 "裝了㢜" 和你抬槓。

哥哥： 開開玩笑吧，我這巨蟹座妹妹好難侍候，我就是要試試剝掉她的㢜。

"蟹厴 [jim2]" 是指螃蟹腹下的薄殼。[①] 通常螃蟹以其厴的形狀辨雌雄，如掀開蟹厴的一端呈尖狀的是雄，呈圓狀的是雌。"蟹弶 [gong6]" 則是指 "蟹鉗"。"弶" 本指一種捕捉鳥獸的工具，其形似弓。[②] 至於蟹的鉗，也是用來捕食獵物，故稱 "蟹弶"。蟹弶強而有力，若不小心給牠鉗着，非常疼痛。俗語云："倒瀉籮蟹"，試想像真的不小心把整籮蟹掉出來，螃蟹四處爬動，要把牠們一一捉回竹籮內，既費力氣，又要提防給蟹鉗着，其狼狽可知。因此，以 "倒瀉籮蟹" 來形容場面十分混亂，難以收拾，最為貼切不過。

　　粵語又有 "噫 [ji1 音，"衣"][③] 牙鬆弶" 一語，"噫牙" 是露出牙齒，"噫牙鬆弶" 意謂 "插嘴插手"，喻作多加議論。如說："我哋兩個捉棋，旁觀者不得噫牙鬆弶。"（"我倆下棋，圍觀的人不要在旁邊議論。"）

① 《集韻·琰韻》："厴，蟹腹下甲。"
② 〔唐〕玄應《一切經音義》卷十八："弶，今畋獵家施弶以取鳥獸者，其形似弓也。"
③ 《集韻·之韻》："噫，噫嘻，開口笑也。"

鰨沙魚好瘀

哥哥一進家門，便走進房裡……

母親： 怎麼把衣服弄得這樣髒?

哥哥： 我……不小心跌倒了……

母親： 唉，還把膝蓋弄瘀了一大片呢！

弟弟： 甚麼跌倒呢，我明明看到哥哥跟人打架，給像"鰨沙魚"似的摔了一跤。

哥哥： 不是呢不是呢……

母親： 快説實話！

哥哥： 打架是真的，但我怎會像"鰨沙魚"那樣瘀呢……

弟弟： 怎麼不會，你是個雙魚座呀。別再打架了，下次保管更瘀！

"鰨沙魚"的"鰨"[taap3] 現在一般寫作"撻"。"鰨"[taap3] 本音"塔"，字書以"鰨"、"鰈"[並音 taap3] 來表示比目魚，[①] 後來"鰨"取代"鰈"，成為比目魚的專用字。

　　"鰨"[taap3] 因與"沙"連讀而產生音變，遂改讀成 "taat3"，字形也改寫成"撻"。"鰨沙魚"也稱"比目魚"，是海魚的一種，魚身長而扁，尾鰭稍鈍圓，細鱗，口小。比目魚的兩眼均在身體的右側，平臥淺海的泥沙中，捕食小魚。

　　"鰨沙"的"鰨"或與"蹋"（即"踏"字）的意義有關，"蹋" 指足着地，[②] "鰨沙"是指"貼着沙而臥"。"鰨沙魚"之得名，也許與牠喜歡平臥於淺海沙上的特性有關。

032

033

① 〔清〕朱駿聲《説文通訓定聲》以"鰨"為比目魚。《説文·魚部》新附字："鰈，比目魚也。"
② 《説文·足部》："蹋，踐也。"《玉篇·足部》："踏，足著地。"

17

蛋饊　糯米餈

（蛋散）daan6 saan2　（糯米糕）no6 mai5 ci4

蛋饊彈不開糯米餈

飯廳的燈光，照在夜歸的爸爸的臉上……

父親： 看我買了甚麼飯後甜品回來，有紅豆沙、綠豆沙、"蛋饊"和"糯米餈"，你們自己挑吧！

妹妹： 我要"蛋饊"！

哥哥： 是我先看到"蛋饊"的！

父親： 你倆爭甚麼呢！看，"蛋饊"都散了。

哥哥： 唉，說時遲那時快，真的"咪遲"，我要"糯米餈"！

母親： 別爭了，我和爸爸吃紅綠豆沙，你倆把"糯米餈"分了來吃吧！"蛋饊"是炸了的糯米，"糯米餈"是蒸了的糯米，還不一樣？說不定"糯米餈"裡面會有紅豆和綠豆，紅豆沙綠豆沙裡也有糯米……唉，爭甚麼呢，還不一樣……

"饊"原指饊飯，[1]由糯米煮後煎乾製成。後指饊子，是餅的一種，[2]由糯米粉和麵扭成環形或條狀的油炸食品，炸好後，澆以麥芽糖漿，入口爽脆可口。"蛋饊"的配料，除上述成分外，當然還加上雞蛋了。

　　"蛋饊"的"饊"，今作"散"。

　　"糯米餈"的"餈"，今俗作"糍"。"餈"是"飯餅"，[3]"糯米餈"是用糯米粉做的有餡（如：芝麻、紅豆、花生等）的糰子，可蒸食，可煎食，也可煮食。現在，糯米餈的製作已發展至用冰淇淋來做餡兒，放在冰箱內，冰硬了才吃，別有風味。這種糯米餈稱為"雪糕（冰淇淋）糯米餈"，簡稱"雪米餈"。

　　"糯米餈"也是荔枝的一個優良品種，核小，肉厚，味甜，遲熟。

①《玉篇·食部》："饊，饊飯。"
②《本草綱目·穀部·寒具》："寒具，即今饊子也，以糯粉和麵，入少鹽，牽索紐捻成環釧之形，油煎食之。"
③《廣韻·脂韻》："餈，飯餅也。"

18

脢肉　鱖魚

（梅肉、枚肉）mui4 juk6　（桂魚）gwai3 jyu4

鱖花魚搭配脢頭肉

豌豆公主和黑馬皇子在街市裡……

女朋友： 你第一次到我家吃飯，買些燒味去吧，媽媽會高興的。

男朋友： 何止加餸（菜），小弟還可親自下廚煮兩味（道）呢！我們可以買一塊"脢頭豬肉"，再買一條"鱖花魚"……

女朋友： "脢頭肉"和"鱖花魚"，跟梅花和桂花有關係嗎？名字很優雅呢！

男朋友： 不會吧……"鱖花魚"是很醜的，口又大，又寒背，橫看豎看也沒個桂花模樣。至於"脢頭肉"，是背脊肉的意思呀，好矜貴的，伯母沒有告訴你嗎？

女朋友： ……

男朋友： 怪不得我媽說男孩要懂得做飯，不然討了個十指不沾陽春水的漂亮老婆，得兩口子當"無飯"夫妻了。

上市場買菜，通常會在肉檔看到家庭主婦購買胹頭牛肉或
胹頭豬肉。[1]“胹”是背脊肉，[2]肉質嫩滑可口，價格較貴。肉
檔東主 (老闆) 通常不懂得“胹”的正確寫法，而把它寫成“梅”
或“枚”，這也不打緊，但切勿把它寫成“霉”，否則便會把真
正的“胹肉”誤以為是發霉的肉了。

　　“鱖魚”，又名“桂魚”、“鯗花魚”。扁形闊腹，背隆起，
大口細鱗，青黃色，有不規則的黑色斑紋，生長於河流湖泊
中，肉肥美。唐代張志和《漁父》詞有云：“西塞山前白鷺飛，
桃花流水鱖魚肥。”鱖魚本是中國名貴的淡水魚，後因人工大
量繁殖，價格便宜，肉質遠不如野生的鮮美了。

煎䭔

（煎堆）zin1 deoi1

煎䭔滿屋圓轆轆

農曆年初一，茶几上有一堆煎䭔⋯⋯

表姐： 大姑母，新年快樂！

母親： 乖，來吃些 "煎䭔" 吧，"煎䭔" 碌碌，金銀滿屋！我還要到廚房弄點年糕，你自便，別客氣。

弟弟： 表姐，你還是別吃 "煎䭔" 了，油炸食物，吃了會長胖的，到時你的臉比現在更圓轆轆。

表姐： 但我怕大姑母出來發現會不高興呀⋯⋯

弟弟： 這樣吧，我冒長青春痘的險來幫你吃。

表姐： 真好，謝謝！

妹妹： 表姐，你才不用謝他呢，他整個早上在偷吃，媽媽把他罵了一頓，現在可是冷手執個熱 "煎䭔" 了。況且，他不吃 "煎䭔"，也是要長青春痘的。

"煎䭔"今作"煎堆"，"堆"是一個借音字，本字是"䭔"。"䭔"又作"餾"，是餅的一種，據宋代韻書，解作"丸餅"[①]（"丸"音"元"）。所謂"丸餅"，是指小而圓，像球狀的餅。現在我們所吃的"煎䭔"，是用糯米粉做的油炸食品，多在過農曆新年期間食用。

　　俗語説："冷手執個熱煎䭔"，意思就是一些本來不屬於自己的東西，在未有預期的情況下得到，乃指"意料之外"的意思。

　　又有一句歇後語云："年晚煎䭔 —— 人有我有"，語源於舊俗粵港地區過年時，家家戶戶都自製煎䭔。這句歇後語本來是形容人人都有，沒有甚麼稀奇。現在多用作借喻一個男士最終找到了結婚對象，雖然她並不很理想，但總算是人有我有，比沒有的好。

① 《集韻·灰韻》："䭔，丸餅也，或作餾。"《玉篇·食部》："䭔，蜀人呼蒸餅為䭔。"

酹粉

（瀨粉）laai6 fan2

20

要一包酹粉，行街

雜貨店裡有食物的香味……

顧客： 老闆，你們有沒有"酹粉"？

老闆： 有，要拿走的嗎？

顧客： 你們有堂食的"酹粉"嗎？從外面看，以為只賣雜貨 ……是的，拿走。

老闆： 我們兼營堂食，那邊有兩張桌子，麵和米粉都有。你坐 下等一會吧，很快。

顧客： 為甚麼要等呢？你們要到貨倉去拿嗎？

老闆： 不用到貨倉，舖內有，等一下便成。

顧客： 但是……為甚麼要等呢，我是想買一包未煮的"酹粉"， 還要一罐奶粉呢！

我們在食肆吃的"瀨粉"本當作"醡粉"。醡粉是米粉的一種。"瀨"是湍急的流水，[1] 所以稱醡粉為"瀨粉"是説不通的。"醡"的意思是"以酒祭地"，[2] 就是把酒灑在地上以祭亡者，醡酒時是順着一定的方向澆灑。另外，"醡酒"、"醡豉油"也指做菜時，澆灑少許酒或醬油於菜餚以調味。

"醡粉"的得名，大概是因為煮食時亦如醡酒般醡於湯中。醡粉的製法，是以特製器具把濕米粉漏到開水鍋中澆煮，煮熟後可拌以不同的調料（如：火腿絲、燒鵝、叉燒等）進食。在香港，"燒鵝醡粉"、"叉燒醡粉"又分別簡稱"鵝（讀陰上聲，ngo2）醡"和"叉醡"。

① 《説文‧水部》："瀨，水流沙上也。"《廣韻‧泰韻》："瀨，湍瀨。"
② 《玉篇‧酉部》："醡，餞祭也，以酒祭地也。"

蓮茸
（蓮蓉）lin4 jung4

蓮茸包，包蓮茸

茶樓內，小朋友的眼睛跟着點心車走……

妹妹： 甜點車來了，我想吃"蓮茸包"。

母親： 吃完"鹹"點才吃甜點。弟弟，你怎麼把那叉燒包弄得
"茸茸爛爛"的，快吃下，別貪玩！

外婆： 讓弟弟慢慢吃吧，先叫一籠"蓮茸包"和一籠奶皇包，
我也想吃呢！

母親： 你一見到兩個孫便一副"蓮子茸"口面。我小時候，你
總是說生叉燒比生我好呢！

外婆： 哈哈，你生叉燒的氣，便多吃兩個叉燒包吧。我們今天
真是食包包食飽。

追本窮源：粵語詞義趣談

“蓮茸”一般寫作“蓮蓉”。“茸”本指草初生纖細柔軟的樣子，[1] 引申為“柔細的獸毛”，[2] 再引申為“細碎”、“碎末”的意思。如：“薑茸”和“蒜茸”的“茸”，便有“碎末”之義。“茸”也指泥狀的餡，如：“麻茸”、“豆茸”、“椰茸”、“魚茸”、“雞茸”等便是。“蓮茸”就是把蓮子煮熟，研（口語讀“ngaan4”，音“顏”）碎加糖而成。如：“蓮茸月餅”、“蓮茸包”、“紅蓮茸”、“白蓮茸”等。

　　有兩個詞語跟“蓮”或“茸”有關的，其一是“蓮子口面”，是指比瓜子臉略飽滿的長圓臉形。另一個是“蓮子茸口面”，就是笑臉的意思。

042

　　有時聽人說：“件恤衫着到茸茸爛爛，快啲掉咗去啦！”（“這件襯衣穿得破爛不堪，快點兒扔了它吧！”）“茸茸爛爛”就是指碎而爛，或指衣物破爛不堪。

043

① 《説文·艸部》：“茸，艸茸茸皃。”
② 《太平御覽》卷八百八十九引《東觀漢記》：“獅子⋯⋯尾端茸毛大如斗。”

後尾枕

（後尾枕）hau6 mei5 zam2

鬼叫你拍後尾枕

飯桌上放了牛尾和金針蒸雲耳……

母親： 快吃飯了，現在才回來！放學後，往哪裡去了？

姐姐： 嗯……剛到圖書館借書，明天要交功課……這星期有許多測驗，緊張得沒睡好……對，你昨天不是說，想把家裡的枕頭換過嗎？百貨公司這星期大減價呢！

母親： 你怎麼知道百貨公司大減價，你剛才不是去了圖書館嗎？

姐姐： 噢……

妹妹： 真是鬼拍"後尾枕"呀！媽媽，你不用給她買新枕頭了，讓她瞓高淋板思過，然後通宵讀書做功課……哎呀，姐姐你怎可以這樣拍我的後腦，會把我弄蠢的！

姐姐： 是鬼教我這樣拍你"後尾枕"的！

追本窮源：粵語詞義趣談

"後尾煩"是"頭骨後"，[1]也叫"後煩"。"後煩厚"指有福氣，有家底；"後煩薄"指沒福氣。

　　"鬼拍後尾煩——不打自招"這句歇後語是比喻無意中透露自己的心事。

　　"後尾煩"今一般作"後尾枕"，"枕"是借音字，它的原意是"枕頭"。[2]俗語說："媟 [sip3] 高枕頭好好恁 [nam2] 下"。意思是說："墊高枕頭，臥以薦首，不即入睡，仔細思量。"

① 《廣韻·寑韻》："煩，頭骨後。"
② 《説文·木部》："枕，臥所薦首者。"

顜枅

（猛雞、哢雞）mang4-1 gai1

飯碗也顜枅

兒子把剩着飯粒和雞絲的飯碗放下⋯⋯

母親： 阿仔，你快把碗內的飯都給吃乾淨，不然會討個 "顜枅痘皮" 的老婆！

兒子： 真的嗎⋯⋯

母親： 當然真！你將來的老婆，會長得像你吃過的飯碗。不信你問問爸爸，阿嫲從前是不是這樣教他的⋯⋯

父親： 吃剩飯會否討個 "顜枅" 老婆？我倒不知道；但我聽阿嫲話，從小把飯吃得乾乾淨淨，結果就娶了你媽媽。

兒子： 那很靈驗啊！我也要吃出個滑面老婆來。

“顯枅”或作“搵雞”、“嗌雞”，以“顯枅”為本字。“顯”指眉目之間，[1]“枅”是突出的木頭，引申為“突出的軟骨或肉”，“顯枅”就是眉目間的疤痕。一說“枅”的本字是“痏”，意思是“創傷或生瘡痤癒後的疤痕”，“痏”本音“wai5”，因音變而讀“雞”音。[2]

“顯枅”通常與“痘皮”連用，“痘皮”是麻子，即出天花後，面上留下的疤痕。“顯枅痘皮”可實指眉目和面部的疤痕，也可喻作樣貌醜陋。

① 《廣韻．青韻》：“顯，眉目閒也。”
② 陳伯煇：《論粵方言詞本字考釋》，頁 102。

腦囟

（腦顖）nou5 seon3-2

腦袋生竹筍

晚飯時，大家在喝甘筍豬腦湯⋯⋯

母親： 老公，暑假快到了，我拿了社區中心的暑期班章程，打算讓阿妹學英文和普通話，你看怎樣？

父親： 阿妹明年才進幼兒班，"腦囟"都未生埋（腦門尚未長好），讓她睡前聽聽你講故事，不就好了？

妹妹： 爸爸，你們都長了"腦囟"嗎？我的腦甚麼時候才會長筍呢？

哥哥： 我們當然長了，但"腦囟"在頭頂內部，看不見的。你多吃筍便會長出來，不過千萬別吃橘子核，吃了頭頂會長橘子樹，好醜怪的。你看那些戴帽的人，便是要把橘子樹蓋着。我看你昨天好像吞了一粒橘子核呢！

妹妹： 怎麼辦⋯⋯我要"腦囟"！不要橘子樹！

父親： 哈哈，睡一覺便好了。快睡，甚麼"腦囟"、竹筍，不睡覺，連肉也長不了呢！

追本窮源：粵語詞義趣談

"nou5 seon2"是"腦囟"的粵語拼音。"囟"本音"seon3"，變調讀"seon2"，即囟門，[1] 指嬰兒頭頂骨未縫合的地方，在頭頂的前部中央。如："呢個細路仔腦囟仲未生埋。"（"這個小孩腦門尚未長好。"）

粵語另有"腦囟生唔埋"一語，是喻作人幼稚無知、不成熟。又，"腦囟生唔實"一語則比喻人缺乏主見。

另有一俗語和"腦"有關的，是"人頭豬腦"，比喻人愚笨。然而，根據專家研究，豬其實是很聰明的。另外，豬的器官跟人的器官大小接近，目前醫學昌明，以豬的器官移植於人體內，取代壞死的器官，是指日可待的。屆時，"人頭豬腦"可真成為事實了。

---

① 《說文·囟部》："囟，頭會匘（腦）蓋也。"

25 魂精

wan4 zeng1

魂魄的精神

三更夜半書房裡……

妹妹： 我明天的測驗還沒溫習好，但已很渴睡了，怎麼辦呢……

姐姐： 你試試用冷水洗澡吧，另外，塗些油在"魂精"也有用的。

哥哥： 倒不如在"精讀"讀本裡 tip 一些題目來讀……

姐姐： 你做哥哥的，怎可以教小妹"練精學懶"呢！

妹妹： 哥，"走精面"死得更快呀，我上一趟便試過了。這次
測驗就算分數不錯，總平均分可能還是不合格的……

姐姐： 那你總得拿出體育精神撐到底呀！

追本窮源：粵語詞義趣談

"魂精"的"精"有"zing1"、"zeng1"二音。"魂精"的"精"[zing1]本指"精神"、"精氣",①讀作"魂精[zeng1]",指太陽穴,即人的鬢角前,眉梢後的部位。例如:"佢暈低啦,快啲喺佢魂精[zeng1]度搽藥油,等佢醒翻啦。"("他暈倒了,快在他的太陽穴塗上藥油,等他醒過來。")

　　"精"又有"聰明"、"精明"、"乖巧"等義。"精"字在粵語裡有"文""白"二讀,文讀是讀書音,白讀是口語音。"精"的文讀是"zing1",如:"精明"、"精神"、"精密"、"精打細算"等;"精"的白讀是"zeng1",如:"精叻"、"精仔"、"走精面[min2]"、"面懵心精"等。

● "文讀"與"白讀"

　　文讀是讀書音,白讀是口語音。粵語中部分的字有文白異讀的現象。粵語的文讀,受北方話的影響,白讀則是口耳相傳的讀音。例如:"愛惜"的"惜",文讀是"sik1",白讀是"sek3"。又如:"山嶺"的"嶺",文讀是"ling5",白讀是"leng5"便是。

①《史記·卷一百五·扁鵲倉公列傳》:"魂精泄橫,流涕長潛。"

膝頭髁

（膝頭哥）sat1 tau4 go1

哥哥的膝頭

妹妹像個老婆婆，一拐一拐走進來⋯⋯

妹妹： 哥哥，哥哥，我的"鼻哥"和"膝頭髁"在流血呢！我給石頭絆倒了。

哥哥： 怎麼為一塊小"石仔"大呼小叫，鼻就是鼻、膝頭便是膝頭，"哥哥"甚麼的，這麼大了，還像個撒嬌的小孩。我拿張"櫈仔"過來讓你坐下⋯⋯

妹妹： 平日是這樣叫的呀，你也說"石仔"和"櫈仔"，石和櫈跟"仔"有甚麼關係呢！

哥哥： 好了，怕了你，快坐下吧，我的公主殿下，小的這就屈膝跪地幫你塗藥水⋯⋯

"膝頭髁"一般寫作"膝頭哥"，"哥"是借音詞，本字是"髁"。"髁"的本義是股骨（即"髀骨"），[1]到了宋代，"髁"便解作膝骨。[2]"膝頭髁"又稱"膝頭"或"膝頭蓋"，解作"膝蓋骨"。

　　"膝頭髁"寫作"膝頭哥"後，"哥"變成了"膝頭"這個名詞的後綴，就像"鼻哥"的"哥"字一樣，沒有表意的作用。現在很少人知道"髁"與"哥"的關係了。

　　"膝頭髁"又稱"波羅蓋"，有學者認為"波羅"是借音字，本字是"欂櫨"[bok3 lou4]，[3]指柱上承托棟樑的方形短木，由於膝蓋骨有承托上身的作用，故稱為"欂櫨蓋"。爾後，"欂櫨"音變為"波羅"[bo1 lo4]，故"欂櫨蓋"又稱為"波羅蓋"了。

①《說文·骨部》："髁，髀骨也。"
②《廣韻·戈部》："髁，膝骨。"
③ 陳伯煇、吳偉雄：《生活粵語本字趣談》，頁 80 ～ 81。

齙 敠
並音 "baau6"

鮑牙醫醫齙牙

在公司食堂裡，兩人拿着食物排隊付錢⋯⋯

甲先生： 怎麼只要沙律和冷飲，你是減肥還是練仙呢？整天不吭聲，有事嗎？

乙先生： 沒甚麼，只是剛脫了牙，我的招牌"齙牙"蛀得沒救了。

甲先生： 我也有隻智慧齒要脫，你是找公司的醫療保障計劃特約牙醫嗎？

乙先生： 是的，那鮑牙醫不錯。

甲先生： 嘩⋯⋯哪裡來的無禮的傢伙，怎麼想"敠"開我，快排隊！

丙先生： 對不起，我只是滑了一跤。幸好兄台你擋着，不然一定跌磞牙！

"齙"本解作"齒露"，[1]引申為突出，用作形容詞或動詞。前者的用法如"齙牙"，指突出的牙齒，即是兩齒之間橫生的牙齒。例如："佢笑起嚟凸出兩隻齙牙，好得意！"（"她笑起來露出一對齙牙，怪有趣的。"）"齙"用作動詞的，如："份禮物包得唔好，有隻角齙咗出嚟。"（"這份禮物包得不好，有一個角露出來了。"）

　　與"齙"同音的"敲"，本義是"手擊"，[2]引申為"用身體碰撞"。如："佢排排下隊畀人敲咗出嚟。"（"他在排隊時，被人撞出隊列。"）

① 《集韻・爻韻》："齙，齒露。"
② 《集韻・效韻》："敲，手擊也。"

鄧郎有穿石之志

某宅門外，一群大漢穿上黑西裝，戴上手套，開始點算資金……

姐妹甲： 你們這班"滕豬石"，沒有九萬九千九百九十九元紅
包，休想我們開門！

伴郎甲： 好的，就給你們九萬日元！

姐妹乙： 那麼你們回去再等九萬日吧！

伴郎乙： 將就一下吧！我們鄧兄願意娶你們的朋友，大家都
"戥"她高興，只怕她待得九萬日，便蘇州過後無艇搭
（指錯過了良機）。

姐妹甲： 不成呢，怎能這樣便宜你們！你們是"滕豬石"，應先
代新郎用手掌穿石，再做廿個前空翻……

　　“戥穿石”即“伴郎”，本當為“縢豬石”（“縢”音“鄧”）。“縢”本義是“囊”，[①]可用以盛糧。[②]“縢”也有“負荷”之義。東晉時，長江以東一帶地方稱擔挑兩頭有物為“縢”。[③]

　　“縢豬石”原是昔日豬農賣豬時用的一塊石頭。當時要把小豬或中豬運上墟發售並不容易，一頭豬二三十斤不好挑，只好臨時捆一塊重量相當的石塊放在擔挑的另一頭，令擔子兩邊重量平衡，易於肩挑，這塊石頭便稱為“縢豬石”。

　　上墟賣豬，縢豬石確不可少，可是賣豬以後，縢豬石沒有用處，遭人棄置路旁。粵語以此喻伴隨新郎身邊的“兄弟團”，相當諧謔。朋友結婚，眾兄弟一力幫忙，多方招架，成為不可或缺的人物。可是一切任務完成之後，兄弟們便靜靜退到一旁，只有喝酒的份兒了。

056

057

　　“縢豬石”的“縢”今為“戥”所取代。“戥”本是一種稱貴重物品（如：金器）或藥物重量的衡器，也可解作用戥子來稱重量。“戥”也引申有“平衡”或“使平衡”的意思，故“縢豬石”寫作“戥豬石”，亦通。

　　這裡順便介紹一下和“縢”有關的幾個詞語：“縢人高興”是“替人高興”的意思、“縢腳”是打麻將三缺一時暫時湊腳；“縢稱 [cing3]”是指相稱，比如說：“你同你嘅女朋友好縢稱。”（“你跟你的女友很相稱。”）以上三詞語的“縢”今也寫作“戥”了。

① 《說文‧巾部》：“縢，囊也。”段玉裁注：“凡囊皆曰縢。”
② 《宋書‧卷六十八‧南郡王義宣傳》：“乃於內戎服，縢囊盛糧。”
③ 《方言》卷七：“縢，儋也。”（按：古“擔荷”字多作“儋”）郭璞注：“今江東呼擔兩頭有物為縢，音鄧。”

新婦

（心抱）sam1 pou5

奶奶有心抱新婦

婚宴上，新郎與新娘在父母面前跪下來……

大妗姐： 請新娘敬茶……好了，家翁家姑喝過"新抱"茶，新
人就永結同心……

家翁： 你倆要相親相愛呀！

家姑： 還有，最好我們可以早點抱孫……

大妗姐： 對呀，祝新人早生貴子，奶奶又有"新抱"又有孫抱！

新郎： 老婆……我也想早日抱孫呢……

"心抱"本字是"新婦"[san1 fu5]，解作"兒媳婦"，後"新婦"音變為"sam1 pou5"，因改寫為"心抱"。"娶心抱"是"娶兒媳婦"的意思，"心抱茶"是指兒媳婦過門後奉給親友的茶，所以"飲心抱茶"除了字面的含義外，也有"娶兒媳婦"之意。

　　以前的人認為剛娶入門媳婦和剛生下來的孩子，都要及早教導，故有"初歸心抱，落地孩兒"這一諺語流傳下來。

　　有一首名為"雞公仔"的廣東歌謠，歌詞云："雞公仔，尾彎彎，做人心抱真艱難……。"這是一首民間流傳已久的歌謠，反映在舊社會家長制度下，婦女事奉家翁家姑的辛苦。

　　現在，"心抱"的讀音又起了變化，唸成"san1 pou5"，寫法也就跟着轉為"新抱"了。

30

屈頭路　屈尾狗
（掘頭路、倔頭路）（掘尾狗、倔尾狗）
gwat6 tau4 lou6　gwat6 mei5 gau2

屈尾狗入屈頭巷

白髮村長在公園跟人下棋……

村民：　村長，爛賭九叔公門前這陣子怎麼總是噴了紅漆？

村長：　唉，他給公司裁員喇，欠了一身債，不時有收數佬（討債者）上門追數……

村民：　那豈不是趕狗入窮巷，他老人家會不會一個看不開……

村長：　我也跟他說過，大家幾十年老街坊，可以籌點錢幫幫忙，但他“屈擂槌”的一口拒絕了。

村民：　他有名是“屈尾狗”嘛！這樣吧，我下次找他打麻將，然後鬆鬆章（打出對方想要的牌，讓他多贏）……

"屈" [gwat6]，省筆作"屈"，俗又作"掘"或"倔"，本義是"無尾"，[①] 引申為"短尾"，[②] 再引申為"短"、"禿"等義。如"屈尾狗"是指短尾的狗，又如："枝鉛筆屈晒"，指鉛筆芯沒有尖兒。又有"不鋒利"之意，如："把刀好屈。"（"刀鈍了。"）

　　"屈頭"是指禿的、無尖端的，如："屈頭掃把"是指禿頭掃帚。"屈頭"又引申為"不通"的意思。如："屈頭路"是指死胡同、不通的路；"屈頭巷"也是"死胡同"的意思。

　　"屈擂槌"一語，比喻措辭不委婉。至於"屈情"一語，是指絕情，如："你唔好咁屈情喇！"（"你別這麼絕情吧！"）

① 《説文·尾部》："屈，無尾也。"
② 《玉篇·尾部》："屈，短尾也。"

蘇狕崽

（蘇蝦仔，sou1 haa1 zai2）sou1 aa1 zoi2

生了一隻蝦仔

一個仲夏夜，母親在牀邊唱……

母親： "月光光，照地堂，'狕崽'你乖乖瞓落牀……"

兒子： 媽媽，誰是"狕崽"啊?

母親： "狕崽"就是"蘇狕崽"，那就是你囉。

兒子： 但我不叫蝦仔。

母親： 凡是"吖吖聲喊"的小朋友都叫狕崽，而且呀，我"蘇"你時，你還"蝦"（欺負）我呢，我不知多辛苦……

兒子： 婆婆好像也說過。

母親： 是呢，你若不聽話，我便拿你當蝦仁，炒了蛋來吃。

粵語稱初生的嬰兒為"蘇蝦仔"，或簡稱"蘇蝦"。"蘇蝦仔"的本字是"蘇啞崽"。[①]"蘇"有分娩的意思，如說："佢啱啱蘇咗個仔。"（"她剛剛生了一個男孩。"）

"啞"音"鴉"[aa1]，在宋代，"啞"與"犽"（音"牙"[ngaa4]）連讀而見義。"啞犽"是南方語，意思是"赤子"，[②]"啞犽"是狀寫嬰兒的啼哭聲，因以此比喻初生的嬰兒，現在我們將"啞犽"倒過來讀成"犽啞"，"啞"也由"aa1"讀作"ngaa1"。"犽啞仔"是指初生的男嬰，"犽啞女"則指初生的女嬰。"啞"後來不知何故讀成"蝦"音，而"蘇啞"也就寫成"蘇蝦"了。

"崽"是由"子"音變之後而形成的一個方言字。"崽"在古時候是南方方言，讀如"宰"[zoi2]。[③]其後衍生出"仔"字，把"崽"字取代，讀音也略有不同。

有學者認為"蘇蝦仔"的"蘇"當為"臊"，解作"乳臭"。嬰兒出世後，身體有乳臊氣味，故云。此亦可備一說。

---

① 《番禺縣續志‧卷二‧輿地志‧方言》："廣州呼小兒曰蘇啞崽。蘇，生也，言新生者也。"
② 《集韻‧麻韻》："啞，啞犽，赤子。"又云："犽，吳人謂赤子曰啞犽。"（按："赤子"就是初生的嬰兒。）
③ 《方言》卷十："崽者，子也。湘沅之會，凡言是子者謂之崽，若東齊言子矣。"

驚見老婆鑊黸面

妻子收拾碗筷時，鏗鏘有聲……

丈夫： 幹嘛今天臉色這樣難看，像"鑊黸"一樣……

太太： 今天甚麼日子呢，還要我對着黑鍋做了半天的菜！

丈夫： 不是結婚紀念日吧……公司剛來了幾個新同事，把東西弄得"一鑊粥"似的，把我忙死了……

太太： 人家在家裡也忙呀！我才不像那鑊，不做事又一臉黑。

丈夫： 我不是這個意思，別誤會……對，我想起來了，今天是老婆大人的生日！這樣吧，我這就到公司（商場）看看有沒有特效美白面膜，送你做禮物。

太太： 我還要人肉洗碗機和按摩器……

"鑊"於現代漢語中寫作"鍋"。與"鑊"搭配的詞很多，如："鑊鏟"指炒菜用的鏟子，"一鑊粥"（也有稱"一鑊泡"）指一塌糊塗，"一鑊熟"指全死光等。

　　"wok6 lou4-1"一般寫作"鑊撈"，"撈"是借音字，本字是"黸"。"黸"本音"lou4"，後變調讀"lou1"，本義是"黑色"。[1]"鑊黸"是"鍋底的黑灰"。如說"鑊黸咁嘅面"，是指難看的臉色或滿臉怒氣，亦有說"黑口黑面"。

　　如丈夫批評妻子煮的菜全摻了鑊黸，她的廚技當然令人不敢恭維；但要是丈夫對妻子說："你炒啲菜真夠鑊氣！"那便是讚她燒的菜火候恰當了。

[1]《説文·黑部》："黸，齊謂黑為黸。"《廣雅·釋器》："黸，黑也。"

33

扻　搣

ham2　　mit6-1

搣脂減脂肪?

丈夫一邊看電視，一邊"搣"肚腩……

太太： 老公，你在"搣"甚麼呀！"搣"到肚腩都紅了，不痛嗎？

丈夫： 是有點痛，不過要減肥啊！別人都説"搣"脂很有效。

太太： "搣"有甚麼用呢？醫生説你膽固醇太高，要多做運動，
而且要戒口。

丈夫： 對，同事教我買了一種減肥茶，他們説喝了便不用戒
口，我們還約好了下星期去吃自助餐……

太太： 人家説"扻"頭埋牆可以減肥呀，你怎麼不試試！你的
問題不是肥，而是脂肪和膽固醇太高，還大吃大喝！

丈夫： 好的，好的，我關上電視跟你到公園跑步就是了。

"扸"本義是"擊"，[1]引申有"碰撞"之意，例如："扸親個頭"（頭碰傷了）、"扸爛隻杯"（杯子給撞破了）。俗語"扸頭埋牆"（這裡"頭"變調讀陰上聲），表面意思是把頭撞上牆，其實多用以比喻自作賤。例如："鬼叫你扸頭埋牆咩！"（"誰叫你自作賤哩！"）

　　"搣"本有"揪拔"的意思，[2]引申有"揑"、"擰"之義。例如："個細路女好肥，好想搣佢一下。"（"那女孩子胖胖的，很想揑她一下。"）"搣"又有"撕破"之意。例如："唔好搣爛本書。"（"不要把書撕破。"）另外，"搣"的意義也有虛化現象。如說："你嘅退休金冇幾多，要慢慢搣。"（"你的退休金不多，要省點用。"）這裡，"搣"有"搏節"的意思。

066

067

①《集韻·感韻》："扸，擊也。"
②《說文·手部》："搣，批也。""批，捽也。""捽，持頭髮也。"《廣韻·薛韻》："搣，手拔。"

34

揸篼
（揸兜）zaa1 dau1

"揸篼" 搵食

舊同學聚會上……

丈夫： 讓我來介紹，這是內子，這是我的朋友"幫主"。

太太： 為甚麼叫"幫主"呢？很有趣的渾名。

同學： 噢，我是"揸篼"搵食的。

太太： ……

丈夫： 他是開寵物店的，每天都要"揸篼"餵狗仔，所以大家都稱他"幫主"，丐幫幫主。

太太： 失敬失敬。

"揸笪"，一般寫成"揸兜"，前者為正字。"揸"，或作"攄"、"攎"，是"用手拿取"的意思。[1]"揸"是"揸"的後起字，意義相同。"笪"本指裝飼料餵馬的竹器，其後引申為"瓦製的飼料盆"，如："豬笪"；又引申為"小搪瓷盆"、"小鋁盆"或"鉢"等一類器物。如："飯笪"、"乞兒笪"等。"揸笪"即指拿着行乞用的鉢，喻作因掙不到錢，生活困難而行乞。例如："如果有一技之長，第日聽（唸陰去聲）揸笪啦。"（"如果沒有一技之長，日後恐怕要行乞過活了。"）

　　"笪"另外有兩個意思：一是指用竹篾、藤條等編成盛東西的器具，如"背笪"；二是指用竹製的小轎，多用於行山路，如："山笪"。

[1]《說文·手部》："揸，挹也。"《方言》卷十："揸、攄，取也。南楚之間凡取物溝泥中謂之揸，或謂之攄。"《釋名·釋姿容》："攄，叉也，五指俱往叉取也。"《正字通·手部》："揸，別作攄、攎，義通。"

35

抨　毀

paang1　（篤）duk1

抨走毀波爛賭鬼

丈夫剛踏進家門……

太太： 你那爛賭堂弟剛來過，說想約你去"毀波"，見你不在便走了。

丈夫： 甚麼"毀波"，還不是登門來借錢！上幾次借的還沒有還呢！他再來，你便用屈頭掃把"抨"他走吧！哼，我甚麼時候打過桌球來，這傢伙，連作個像樣一點的藉口也不會！

太太： 一場親戚，那樣不大好……

丈夫： 上次阿嬸問起，我也就是看在死鬼阿叔份上，才沒有"毀"他背脊呢！

“抨”音“烹”[paang1]，本有“打”的意思。[①] 今“抨”除了保留“打”義外，尚有“趕”義。例如：“抨走隻貓”，是說“把貓兒打走”。又如：“抨佢出去”，是說“把他趕走”。

　　“抨擊”這個詞語，不少人將“抨”讀作“評”[ping4]，這是錯的，當唸作“paang1”為是。

　　“篤背脊”的意思是“在背後説壞話”。“篤背脊”的“篤”本字是“毇”，“敊”、“揗”是“毇”的異體字。[②] “毇”的本義是“用椎（音‘除’，與‘槌’通）擊打物件”的意思，[③] 後引申為“擊打”或“擊打之聲”，如今引申為“刺”義，指用指尖或長條形物體的頂端觸動或穿過另一物體，如說“毇親隻眼”（眼睛給尖物刺傷）、“毇穿張紙”（把紙刺穿）便是。至於俗語“毇背脊”並不是説刺別人的背脊，而是有“打小報告”或“背後説人是非”的意思。

---

① 《説文‧手部》：“抨，撣也。”《廣韻‧耕韻》：“抨，彈也。”
② 《集韻‧屋韻》訓“毇”為“擊聲”，或從“攵”作“敊”，從“手”作“揗”。
③ 《説文‧殳部》：“毇，椎毇（即“擊”）物也。”

剉 批

並音 "pai1"

36

"剉" 蘋果做蘋果批

夫婦在吃蘋果批……

丈夫： 老婆，剛才在店裡看到的那張蘋果綠沙發，不正是我們要找的東西嘛，幹嗎量好了尺寸也不買下？

太太： 誰叫那老闆不肯給我們折扣，還說是最後一張，不斷催促我們付訂金！看他門堪羅雀，我們下星期再去，我"批"死他一定割價求售！

丈夫： 若他堅持不減，怎樣？

太太： 蘋果綠沙發，不是人人喜歡的，我有信心講到他肯減為止，不然我"剉"個頭畀（給）你當沙發坐！

丈夫： 那我寧可坐舊沙發了……"剉"了頭，誰給我"剉"蘋果做蘋果批……

追本窮源：粵語詞義趣談

“剕”與“批”同讀作“pai1”，但意義不同。“剕”是“削”的意思。[1]如：“剕蘋果”、“剕梨”、“剕鉛筆”便是。由於“剕”不常用，今或寫作“批”。

　　“批”本解為“用手背擊打”，[2]引申為“批評”。粵語中的“批”字，另有幾種意義：

　　（1）預料，例如：“我批佢一定遲到。”（“我猜他一定遲到。”）

　　（2）抹（灰），例如：“同我批滑啲啦。”（“替我把〔灰〕抹得光滑點吧。”）又，“批盪”一語指“牆上抹的灰皮”。

　　（3）算命，如：“批命”、“批八字”。

　　（4）用作英文“pie”的借音詞，pie是一種有餡的西式餅食，今用“批”表示，如：“蘋果批”、“雜果批”等。

①《廣韻・齊韻》：“剕，剕斫。”《集韻・齊韻》：“剕，削也。”
②“批”本作“搟”，《說文・手部》：“搟，反手擊也。”段《注》云：“批，俗字也。”

37

摵 搓

並音 "caai1"

足球要搓，麵粉要摵

教練看着球員練球……

教練： 我叫你們"搓"波（球），你瞧你們這副有神沒氣的樣子，也叫"搓"波嗎？

球員： 教練呀，"搓搓"波罷了，難道還要把命拚了嗎？

教練： 不是拚命，可也不能這麼樣軟手軟腳，來，起勁點！

球員： 我們昨天才吃了六隻光蛋，有點滯（膩），跑不動。

教練： 你知道吃了六隻光蛋就好了，真是不知羞。還敢頂嘴，以後不用來練波了，回你老爹的麵包店"摵"麵粉去。

"搋"又作"扠",本義是"以拳觸人",[①]引申為"以拳加物",[②]又引申為"以手用力壓和揉",如:"搋麵粉"(揉麵粉)。如今,常見"搋麵粉"的"搋"被寫成"搓",那是不大正確的。

"搓"的本義是"推擊",[③]引申有以下幾種意義:

(1)打排球的一種手法,稱"搓排球",即用手將排球托起,其後引申至任何球類的球來球往,都稱為"搓波"("波"乃外來語,是取英語"ball"的音義做字的粵語名詞)。

(2)踢,幾個人圍着踢來踢去,如:"搓燕"("燕"音"jin2","搓燕"即"踢毽子")。

(3)數人圍着推、摸,如:"搓麻雀"(打麻將)。

"搋"和"搓"的讀音相同,但用法不一。

①《玉篇·手部》:"搋,以拳加人也。"
②《廣韻·皆韻》:"搋,以拳加物。"
③《集韻·皆韻》:"搓,推擊也。"

38

搨骨

（揸骨）dap1-6 gwat1

搨骨還是拆骨

在下課回家的路上……

兒子： 今天老師派了生字練習，我寫得最齊整，老師"搨"了個兔仔印給我呢！

母親： 乖。

兒子： 還有呀，今天有分組表演，我扮樹……

母親： 樹是怎樣的呢？

兒子： 是一直站着，張開手不動的……所以我現在很累了，回家可以幫我"搨搨"骨嗎？

母親： 鬼靈精，居然夠膽叫阿媽幫你"搨"骨！拆你骨就有份！

兒子： 爸爸也叫你幫他"搨"骨呀！

母親： 那你快些討老婆吧！

追本窮源：粵語詞義趣談

“dap6 gwat1”今寫作“揢骨”，“揢”是一個後起字，本字是“揤”。[1]“揤”有“taap3”、“dap1”二音。讀作“taap3”音時，解作“摹”，[2]是用紙墨從鑄刻器物（如：碑刻、銅器）上捶印出其文字或圖畫。讀作“dap1”音時，則解作“打”。[3]“揤骨”的“揤”[dap6]是從“dap1”音變調過來，解作“捶打”。“揤骨”就是捶打背、腿，以舒展筋骨，也説“扰[dam2]骨”或“鬆骨”。

　　另有“揤腳骨”一詞，解作“敲詐”、“勒索”之意，也稱“敲腳骨”。

076

077

[1]《玉篇·手部》：“揤，手打也。”《集韻·盍韻》：“揤，打也。”
[2]《集韻·合韻》：“揢，冒也。一曰摹也。或作揤。”
[3] 同注 1。

撏　冔

（拎）jam4，ngam4　（比、俾）bei2

冔人撏荷包

童軍甲看見童軍乙坐在營幕裡……

童軍甲：　嘩，你的腳幹嘛啦？

童軍乙：　"冔" 樹枝刮傷的，"冔" 藥水膠布我呀。

童軍甲：　傷口那麼大，藥水膠布不管用，要 "冔" 紗布包才行
　　　　　啦。紗布在哪裡？

童軍乙：　你 "撏" 一下我的背包外袋。

童軍甲：　沒有呀，荷包就 "撏" 到一個。

童軍乙：　怎會沒有？你就愛 "撏" 荷包！

童軍甲：　小心我也許不光愛 "撏" 荷包，還愛打荷包（偷錢包）。

追本窮源：粵語詞義趣談

"�撢"有二讀，一讀為"jam4"，這是讀書音；另一讀為"ngam4"，這是口語讀法。"撢"有"探取"之意，[1] 今作"扲"，如："撢荷包"（掏錢包）、"撢錢找數"（從口袋掏錢結賬）、"撢穿袋"（掏破衣袋）。

　　"給予"這詞，粵語稱"畀"。"畀"又作"俾"、"比"、"被"，以"畀"為本字，[2] 例如："畀番本書我。"（"給回我這本書。"）其次，"畀"又可解作"被"，如說："佢畀老細鬧咗一餐。"（"他被上司罵了一頓。"）第三，"畀"可解作"允許"、"讓"，例如："唔好畀佢入嚟。"（"不要讓他進來。"）"畀"又可作介詞用，相當於"用"、"以"，例如："畀心機去做。"（"用心去做。"）

　　另外，"畀面"是指賞面，"畀心機"是"努力"、"用心"之意。

---

① 《廣韻·侵韻》："撢，探也。"
② 《説文·丌部》："畀，相付與之。約在閣上也。"引申有"付與"之義。

40

擘面
maak3 min6-2

擘餅擘眼不擘面

妹妹在廚櫃裡找茶點……

妹妹： 爸爸買給我的曲奇餅不見了！

哥哥： 好像變壞了，昨天給媽媽丟了。

妹妹： 怎會這樣快便變壞，多半是給你偷吃了！

哥哥： 你怎麼冤枉我，再鬧我跟你"擘面"！

妹妹： 你還"擘"大眼講大話，若是變壞丟了，怎麼垃圾桶裡只有包裝紙而沒有餅？

哥哥： 福爾摩斯小姐，那是因為我今天吃了新買的花生曲奇，你的曲奇是巧克力味的。你再不信我，便問問媽媽吧。

"擘"，一作"掰"，"掰"是後起字，原解作"分"或"裂"，[①]也可解作"大拇指"。[②] 這兩個意思至今仍保存下來。現在，"擘"的主要用法有以下三項：

　　（1）大拇指，引申為"領袖"，例如："商界巨擘"，是指商界領袖或商界翹楚。

　　（2）張開，例如："擘大眼"（瞪眼睛），"擘大個口"（張大口）等。

　　（3）分裂、撕開，例如："將個餅擘開兩邊"（把餅分成兩份），"擘爛張報紙"（把那張報紙撕破）等。

080

　　"擘面" [maak3 min2] 的"面"，本讀"麵" [min6]，讀成"min2"是變調的讀法。"擘面"是"撕破面子"、"翻臉"的意思。如說："我畀佢擘晒面。"（"他全不給我面子。"）又如：

081

"佢再係噉，我遲早同佢擘面。"（"如果他再這樣下去，我早晚跟他翻臉。"）

　　"擘"字的意義有時也有虛化情況。如說："擘大個口得個窿。"是"啞口無言，回答不出"的意思，不一定是指把嘴巴張得大大的。又如說："擘大眼講大話"，意謂說謊話連眼也不眨一下，不一定是眼睛張得大大的。同樣，"擘面"的意思是"翻臉"、"拆台"，而不是真的把面皮扯破了。

---

① 《説文・手部》："擘，撝也。"又云："撝，裂也。"段玉裁《説文解字注》於"擘"下云："今俗語謂裂之曰擘開。"

② 《孟子・滕文公下》："於齊國之士，吾必以仲子為巨擘焉。"趙岐注："巨擘，大指也。比於齊國之士，吾必以仲子為指中大者耳。"

41

嗒　啉

daap3-1　（秝）lam4-1

嗒真哥哥的啉歌

弟弟到兄嫂家裡吃晚飯，飯後一起喝秝酒（朗姆酒），吃布秝（李子）……

弟弟： 大哥，你播的這些歌，怕有廿年歷史吧！

大哥： 這些舊歌，"嗒"落特別有味道。

弟弟： 我記得呀，這些歌流行的時侯，我還在唸小學，而你已懂得唱情歌"啉"女仔了，大嫂是這樣給"啉"回來的吧！

大嫂： 哪會這樣便宜了他！

大哥： 哈哈，我可是靠人品好，老老實實把你嫂子追到手的。唱首歌便"啉"回來的女孩也不矜貴呀！

“嗒”音“daap1”，即“嚐味”。[①]如：“嗒真下啲味。”（“品嚐清楚箇中味道。”）“嗒糖”比喻“心甜”。如：“佢見到你成個人好似嗒糖噉。”（“她見到你整個人心裡甜滋滋的。”）

　　又“嗒嗒聲”形容吃東西時發出的聲音，這是沒有禮貌的表現。

　　“啉”俗作“冧”。“啉”本讀“林”，變調讀“lam1”。“啉”的本義是“貪婪”，後來又有“聒噪”（即“吵鬧”、“多言”）之意。由“聒噪”義引申為“用言語使人聽從”，如說：“佢唔肯去聽演唱會，我啉到佢去。”（“她本不願意聽演唱會，結果我說服她去了。”）“啉”也可解作“用好說話討別人喜歡”，如說：“啉女仔”（哄女人高興）。“啉”又解作“被別人哄得心裡很高興”，如說：“佢收到男朋友送嘅花，成個樣啉晒。”（“她收到男友送的花，樣子陶醉極了。”）

　　“啉歌”是指抒情的歌，多指以愛情為主題的歌。

---

① 《廣韻·合韻》：“嗒，舐嗒。”

42

啄
doeng1

是非啄啄美人啄

丈夫剛放下電話筒……

太太： 回家了，還"雞啄唔斷"地跟人談公事，同事都怕了你呀……你看，鞋都放哪兒去了……一隻在門口，一隻在桌下……快把公事包拿到房裡，別放在沙發上礙着人！

丈夫： 老婆，你這陣子怎麼老是"啄"着我……莫不是給公司裡那個"是非啄"氣惱了？

太太： 才不要提那個搬弄是非的小人，天天"啄"着我，我忍不下去便辭職不幹！

丈夫： 是呢，人家説呀，有"美人啄"的女人特別有福氣……你倒不如留在家裡當少奶奶吧……

"啄" [doek3] 在粵語可用作訓讀字，讀成"doeng1"。粵語表示"啄食"的"doeng1"無字可寫，於是便將音近義同的"啄" [doek3] 讀作"doeng1"，這是訓讀。"啄"（以下除另注音外，"啄"均讀"doeng1"）有以下的意義：

　　（1）用尖嘴啄 [doek3] 咬，如："隻鸚鵡啄我隻手。"（"那隻鸚鵡用嘴啄 [doek3] 我的手。"）

　　（2）（鋒利物）砸落，如："個錐跌落嚟，啄親佢隻腳。"（"那個錐子砸下來，砸傷了他的腳。"）

　　（3）監督，如："啄住佢做嘢，唔好畀佢偷懶。"（"監督他工作，不要讓他偷懶。"）

　　（4）針對，如："你唔好句句話都啄住我。"（"你別每句話都針對我。"）

084

　　"啄"也可用作罵人語，如："是非啄"是指愛搬弄是非的人，"為食啄"是指貪吃的人。另外，粵語"雞啄唔斷"是指沒完沒了地交談。如說："嗰兩個人一見面就雞啄唔斷。"（"那兩個人一見面便說個不停。"）

085

● 訓讀

　　方言詞或有原字可寫，或有音無字，用漢字記錄方言詞時，有時捨原字不用，或因其無原字可循，而借用一個同義字或近義字來記錄，這個被借用的字，叫做"訓讀字"；這個字的讀音仍按方言詞的讀音來唸，叫做"訓讀音"。

　　以粵語為例，"一棵菜"的"棵"，本音讀"fo2"，口語讀"po1"，"po1"原寫作"薖"，但一般人捨此不用，而借"棵"字代替，訓讀為"po1"。又如·"借歪"（即"讓開"）一詞，"歪"本音讀"waai1"，口語讀"me2"，"me2"音無字可寫，便以"歪"字代替。

嚟 湉

（嘯）ziu6　　mei5-1

不嚟而湉笑咪咪

夫妻二人在餵着小嬰孩⋯⋯

太太： 你瞧，孩子吃得多滋味！

丈夫： 對呀，你看他，吃完了還拿着匙羮 "湉下湉下" 的咪咪笑，真是趣緻死了。

太太： 對呀，長大後一定很懂得吃，不像你，時時 "牛嚟牡丹"。

丈夫： "嚟牡丹" 不好嗎？牡丹畢竟是素食。

"噍"是咀嚼的意思，[1] 如説："食嘢要噍爛啲。"（"吃東西要好好咀嚼。"）"噍"也可解作大吃，如説："今晚要噍餐勁嘅。"（"今晚要大吃一頓。"）

　　粵語有一句歇後語"牛噍牡丹——唔知花定草"。牡丹是名花，但牛把它當草吃，形容人吃東西沒有品味，也喻作人不識好歹。有時也用作自謙之詞。

　　由於"噍"的聲旁"焦"不能準確表音，今以"嚼"代替。

　　"洣"本音"美"，原義是"飲"，[2] 今粵語尚保留此義，但"洣"的讀音卻變調讀成"mei1"。如："洣一洣"（以下"洣"均讀"mei1"），是"略飲一飲"的意思。準確地説，"洣"是用唇及舌尖試液體。如："杯茶好熱，要慢慢洣。"（"杯中的茶很熱，要慢慢的，小口小口地喝。"）又小口小口飲酒也叫做"洣"。

---

① 《説文·口部》："噍，齧也。"即咀嚼之意。
② 《説文·水部》："洣，飲也。"

跐

（扯）ce2

拉拉扯扯不肯跐

男朋友拉着女朋友的手……

女：你"跐"呀！

男：我説別生氣呀，不過是稱讚一下別的女孩子，犯不着扯火扯到扯晒痕。

女：放手！叫你"跐"你不"跐"，卻在這邊拉拉扯扯，討厭！

男：好了好了，不扯就不扯了，但你要怎樣才不再生我的氣？

女：容易呀，以後你得隨傳隨到，扯八號風球也不可以推搪。

男：好呀，不過我來了，可沒那麼容易要我"跐"了。

粵語叫"離開"為"ce2"，本字是"跙"。"跙"本音"zeoi6"（音"聚"），解作行走困難。[①]據宋代韻書載，"跙"有"ce2"音，帶有"行走"之意。[②]現在，"跙"解作"走"或"離開"。例如："呢度咁嘈，快啲跙啦！"（"這兒那麼吵，快點兒離開吧！"）又"跙人"也有"走"的意思，也可說"走人"。

今"跙"字一般借"拉扯"的"扯"來表示。"扯"是一個多義詞，它的意思包括：

（1）拉扯，如："扯大纜"（拔河）。

（2）升起，如："扯旗"（升旗）。

（3）喘息，出氣，如："扯瘕（音"蝦"）"（哮喘）、"扯鼻鼾"（打鼻鼾）。

（4）抽、吸，如："花樽啲水畀啲花扯光晒。"（"花瓶的水被花枝吸乾了。"）

（5）光（火），如："扯火"，即"發火"、"生氣"之意。

有一些與"扯"有關的粵語詞彙，如："扯貓尾"是指兩人一唱一和去蒙騙別人；"扯頭纜"是"帶頭"之意；"扯皮條"是非法撮合不正當的男女性關係。

然而，"扯"本身沒有"離開"之意。

---

① 《玉篇‧足部》："跙，行不進也。"
② 《集韻‧馬韻》："跙，踱跙，足利。"又《集韻‧麌韻》："踱，行皃。"

焱標

（標）並音 "biu1"

標高了的阿標焱去拍施

舅舅在街上碰見外甥……

舅舅： 你是阿標？簡直認不出來，沒見你才一年，"標"高了那麼多！

外甥： 當然呀舅舅，我每天吃幾碗飯。

舅舅： 對了，我有東西要給你媽，反正我家在附近，你方便上來拿嗎？

外甥： 不好意思呢，我約了女朋友，差不多遲到了……

舅舅： 是很 "標青" 的女孩吧，弄得小鬼心神恍惚，一支箭 "焱" 去拍拖……

"猋"與"穮"不是常見的字，它們讀音相同（並音"biu1"），但意義有別。由於"猋"與"穮"今為同音字"標"取代，故此合而論之。

　　"猋"本義是"犬走之貌"。[1]引申為"疾走"之意，如説："小心看住個細路，唔好畀佢猋出馬路。"（"小心看着這小鬼，別讓他走出馬路。"）又如："嗰個運動員一支箭猋向終點。"（"那個運動員像箭一般奔向終點。"）

　　"穮"本指稻的抽穗。[2]例如："穮芽"是指植物發芽。引申為"長高"，如説："你個仔穮高咗。"（"你的兒子長高了。"）又引申為"出類拔萃"，如説："佢嘅考試成績最穮青。"（"他的考試成績最為出色。"）

---

① 《説文·犬部》："猋，犬走兒。"段注："引申為凡走之偁。"《楚辭·九歌·雲中君》："猋遠舉兮雲中。"王逸注："猋，去疾貌也。"
② 《集韻·宵韻》："穮，稻苗秀出者。"

趯
dek3

46

走走趯趯為糴米

丈夫正在穿鞋子……

太太： 怎麼啦，星期六一大清早，又要"趯"去哪兒?

丈夫： 唉，還不是回公司加班!

太太： 不是吧? 你昨天已經做到深夜才回來，今天還要加班?

丈夫： 是呀，這些日子，一天到晚"走走趯趯"。不做又不行，否則肯定要給老闆"趯"走。

太太： 好啦，別怨啦，你"趯"去開工，我"糴"米（買米）開飯，最多我多做些好菜式給你吃好了。

粵語中，"dek3"有"跑"、"逃"的意思，本字是"趯"，或借"糴"字表示。"趯"本義是"跳躍"，[①]後引申為"走"之意。"趯"有文白二讀，文讀"dik3"，白讀"dek3"，今通讀"dek3"。"趯"字有以下諸義：

　　（1）跑，如："又唔見佢，梗係趯落街玩。"（"又見不到他，準是上街玩去了。"）

　　（2）逃跑，如："債主嚟追數啦，快啲趯。"（"債主上門追債啦，快點兒逃跑吧。"）這例句的"趯"，也可說成"趯路"，意思不變。

　　（3）驅趕，如："你唔好再嘈，唔係趯你出去。"（"你別再吵了，不然把你趕出去。"）

　　另有"走趯"一詞，有"奔波"之意。如："我哋做送貨嘅，成日要通街走趯。"（"我們搞運貨的，整天都要在街上奔波。"）"走趯"又可重疊地說成"走走趯趯"。

---

①《說文·走部》："趯，踊也。"段注本改"踊"作"躍"。

47

趷趷轉

（凼凼轉）tam4 tam4 zyun3

趷趷轉，砌沙律

在餐廳裡，朋友甲去了拿自助沙律，久久不回⋯⋯

朋友乙： 怎麼把沙律弄得像一座山那樣高⋯⋯怪不得你弄了這麼久。

朋友甲： 好說。砌這沙律可是有秘訣的。你先在這兒用生菜——要硬的——"趷趷圈"圍着，再用些番茄把它們壓穩，這生菜就變相加大了盆子的容量。

朋友乙： 你別那麼貪心，多些少些有甚麼關係？把自己弄得"趷趷轉"的⋯⋯

朋友甲： 這不是貪心的問題，有成功感嘛！

朋友乙： 夠啦。我們才四個人，怕吃不下你的成功感呀。

"tam4 tam4 zyun3" 一般寫作 "氹氹轉"，正確的寫法是 "趯趯轉"。"趯" 解作 "走"。[1] "氹" 本音 "tam5"，解作 "小坑" 或 "小水池"，無 "走動" 的意思。"趯趯轉" 就是 "團團轉"。粵語兒歌有 "趯趯轉，菊花園，炒米餅，糯米糰……。"

　　另有 "趯趯圈" 一詞，解作 "團團"。如："個歌星俾啲歌迷趯趯圈圍住。"（"那個歌星給歌迷團團圍住。"）

① 《字彙·走部》："趯，走也。"

48

睩

（碌）luk6-1

眼仔睩睩睩落山

丈夫叫太太解 IQ 題⋯⋯

丈夫： 一個人"睩落山"不受傷，你猜是甚麼原因？

太太： "碌（滾）落山"不受傷，哪有可能？

丈夫： 那只不過是"睩落山"，既然站在山頂只用眼睛往山下看就可以呀，哪會受甚麼傷？

太太： 這些所謂 IQ 題真是不講道理準教壞人。照你這樣說，孩子"眼仔睩睩"一定很嚇人。

丈夫： 為甚麼？

太太： 孩子的眼珠兒在地上"碌來碌去"，那不是恐怖片的場面嗎？

"睩"本音"鹿"[luk6]，今粵語變調讀"碌"[luk1]，"睩"在先秦時屬楚方言，[1] 本解作"謹慎注視"之意。[2] "睩"今解作"瞪"，例如："你睩大雙眼睇真啲啦。"（"你瞪着眼睛看清楚點兒吧。"）又，"眼睩睩"一詞包含二義：一是因憤怒而圓睜雙眼，例如："你唔好眼睩睩瞓住我啦！"（"你不要瞪圓眼睛盯着我吧！"）二是眼珠兒轉來轉去，例如："個細路仔眼睩睩，好精伶（"伶"變調讀"ling1"）。"（"那個小孩子眼珠兒骨碌碌轉，很機伶。"）

　　"睩"又寫作"碌"、"綠"，但不如"睩"的意思那樣表達清楚。

① 《楚辭·招魂》："蛾眉曼睩，目騰光些。"
② 《說文·目部》："睩，目睞謹也。"段注："言注視而又謹畏也。"

49

睽　睺

（裝）zong1　（吼）hau4-1

老師睺，同學睽

測驗之後……

同學甲： 怎麼了，不懂得回答嗎？

同學乙： 也不是，不過不很肯定自己對不對，想 "睽" 旁邊的同學，哪知老師卻一直 "睺" 着我，想 "睽" 也 "睽" 不到。

同學甲： 好沒志氣，溫了書，有心裝載，哪裡用得着 "睺" 別人？

"矙"音"裝"，本義是"竊視"，引申為"視"。[1]這兩個意義今仍保留。例如："矙下個女瞓覺未？"（"看看女兒睡覺了沒有。"）這例句中的"矙"相當於"睇"（看）。又如："你唔好矙人嘅文件。"（"你別偷看別人的文件。"）句中的"矙"便解作"偷看"了。

　　"瞯"本讀"hau4"，變調讀"hau1"，今作"吼"。"瞯"本有"半盲"之意。[2]後來演變有多重意義：第一是"看上"、"想要"，例如："佢脾氣咁差，冇女仔會瞯佢。"（"他脾氣那麼差，沒有女孩子會看上他。"）第二是"看守"，例如："瞯住啲貨，唔好俾人攞走。"（"看着這些貨物，別讓人拿走。"）第三是"留意"，例如："嗰個人成個賊咁樣，瞯實佢至得。"（"那個人看起來像賊，一定要留意他。"）另外，俗語"瞯機會"，意謂"等候機會"，"瞯路"是看虛實或找破綻之意，如：一支球隊教練去看敵方球隊操練，以探其虛實，可以說是"瞯路"。

---

①《方言》卷十："凡相竊視南楚……或謂之矙。"《集韻‧東韻》："矙，視也。"

②《方言》卷十二："半盲為瞯。"《集韻‧侯韻》："瞯，半盲也。一曰深目。"

50

炆
man4-1

藤鱔炆豬肉

母子二人在家裡……

母親： 你不是説天天給我打掃嗎？這兩天你都好像沒碰過掃帚……

兒子： 天氣熱呢，蚊子又多，我的手指給蚊都叮腫了，過兩天再打掃吧！

母親： 蚊子叮會死人嗎？我賞你吃"藤鱔炆豬肉"，瞧你死不死！

兒子： 給蚊叮了，又吃"炆豬肉"，好慘呀！

母親： 你這大懶蟲，枉我給你弄了你最愛的北菇炆雞，我叫你打掃，你就推説給蚊叮，等會兒別吃呀你！

"炆"[man1] 本讀"文"[man4]，因變調而讀成"man1"，是烹調法之一。不少人以為"炆"的本字是"燜"[man1]，其實"燜"較後出，筆畫反較"炆"為多。"炆"的本義是"熅"，"熅"是"微火"，[①]後來引申為以"微火煮物之意"。由於用微火煮物，故所需時間較長，如："栗子炆雞"、"蘿蔔炆牛腩"等。

　　"炆"跟"褒"[wan1，音"溫"] 有語源關係，"褒"字出現較"炆"早，"褒"是以"微火溫肉"之意。[②]"炆"的讀音和"褒"相近，意義與"褒"相同，"炆"可能是由"褒"衍生出來的一個字。

①《集韻·文韻》："炆，熅也。"又《集韻·魂韻》："熅，煇（煇）熅，火微。"
②《說文·火部》："褒，炮肉，以微火溫肉也。"

焗
（焗）guk6

焗住用飯煲焗蛋糕

妹妹在姐姐家裡作客……

妹妹： 廚房好"焗"——咦，這不就是可以用來"焗"蛋糕的新款飯煲？

姐姐： 對呀，不過用它來"焗"蛋糕還是不及用"焗爐"好味道——材料都弄好了，替我放進"焗爐"吧。

妹妹： 好呀——咦，"焗爐"開不着呀！

姐姐： 讓我看看——好像真的壞了呀。看來還是得用飯煲來"焗"了。

妹妹： 這回真是"焗"住用飯煲"焗"蛋糕了。

追本窮源：粵語詞義趣談

"焗"今通作"焗",本義是"熱氣",[1] 就是指酷熱的意思。"焗"解作烹調方法,在宋代的書籍已有記載。[2] 現在"焗"也解作烹調方法,有兩種含義:(1) 利用蒸氣使密閉容器中的食物變熱,例如:"焗飯";(2) 密閉式的烘烤,例如:"焗番薯"、"鹽焗雞"、"芝士焗龍蝦"。其中"芝士焗龍蝦"是西菜。看來"焗"這種烹調法是宜中宜西的。

　　由於"焗"的本義是"熱氣",故引申為天氣悶熱,如說:"今日成攝氏三十八度,天氣好焗。"("今天氣溫接近攝氏三十八度,很悶熱。")另外,空氣不流通,令人窒悶也可稱"焗",如說:"間房冇開窗,焗死啦!"("房間不開窗,悶死了!")又"焗"有"強迫"、"被迫"的意思。例如:"佢唔鍾意食椰菜花,唔好焗佢食。"("他既然不喜歡吃椰菜花,就別強迫他吃了。")"個股市係咁跌,焗住要斬倉。"("股市指數不斷下滑,被迫要結算。")"焗"在前句解作"強迫",後句解作"被迫"。

---

① 《說文·火部》:"焗,旱气(氣)也。"《廣韻·沃韻》:"焗,熱氣。"

② 〔宋〕吳自牧《夢粱錄·分茶酒店》:"兼之食次名件甚多,姑以述於後,曰:荔枝焗腰子,……五味焗雞鵝。"

焯
（灼）coek3

綽綽有餘白焯蝦

丈夫在廚房裡團團轉……

太太： 怎麼啦大廚，要弄些甚麼菜式?

丈夫： 有白"焯"蝦和"焯"鵝腸。

太太： 為甚麼都是"焯"的?

丈夫： 不都是"焯"的，還有一味（道）炒斑球。這晚餐可是有名堂的啊！

太太： 甚麼名堂那麼厲害?

丈夫： 你一天到晚説我沒了你就要餓死。兩味"焯"的，一味魚，合起來就是"焯焯有魚"（綽綽有餘）。以後你可記着，不要神氣啦。

"焯"的意思是指把蔬菜等物放在沸水稍微一煮就拿出來。如說："啲生菜焯一下就可以食啦。"（"把生菜稍微在沸水裡一煮就可以吃了。"）今通作"灼"。"焯"本義是"明徹"，[1]後引申有"照耀"、"火燒"的意思。[2]到了宋代，"焯"又解作一種煮食法。[3]

　　其實，"焯"的語源跟"瀹"[joek6，音"藥"] 很有關係。"瀹"早於"焯"出現。"瀹"的本義是將肉或菜放在沸水中，使它稍熟，便急急取出。[4]後來又衍生出兩個異體字"淪"、"汋"，讀音和意義與"瀹"相同。

　　"焯"現在多寫作"灼"，"灼"是"焯"的同音字，有"燒"、"燒烤"或"熱"的意思，[5]卻沒有"煮"的意思，故以"焯"為正。

①《説文・火部》："焯，明也。"
②〔晉〕庾闡〈弔賈生文〉："煥乎若望舒耀景而焯羣星。"（"焯"作"照耀"解）《廣雅・釋詁》："焯，爇也。"《廣韻・藥韻》："焯，火氣。"
③〔宋〕林洪《山家清供・卷上》載有把梔子花造成食物的方法，有"以湯焯過"的話。
④《説文・高部》："瀹，內（納）肉及菜湯中，薄出之。"
⑤《廣韻・藥韻》："灼，燒也、炙也、熱也。"

53

煤

（烚、熠、烉）saap6

煤熟狗頭煤奶樽

丈夫回家，太太在跟孩子玩耍……

丈夫： 唉唷，寶寶，爹回來啦，嘟嘟嘟……

太太： 看你，一看見孩子就"煤熟狗頭"的樣子！

丈夫： 當然囉，是你和我的結晶呀！不如我們多生一個？

太太： 你想得倒美，你知道生孩子有多辛苦？快幫忙"煤"奶樽去，不要在這裡"煤"下"煤"下（反應緩慢）的。

追本窮源：粵語詞義趣談

"saap6"這個烹調法今寫成"炣"、"熠"或"伋",本字是"煠",意思是把食物放入沸水內長時間地煮,不加調料。[①]如:"清水白煠"、"煠糭"、"煠菜"、"煠粟米"等。由於"清水白煠"的東西味道較為清淡,故"清水白煠"又引申為"淡乎寡味"。另外,"煠"也有"煮沸清毒"的意思,如:"煠奶樽"、"煠被單"、"煠針筒"等是。

　　粵語有一俗語"煠熟狗頭",指煮熟的狗頭,比喻人張嘴裂齒而笑,笑相難看。如說:"佢成日嚟 [ji1,音"衣"] 開棚牙笑,好似煠熟狗頭噉。"("他整天裂着嘴笑,活像煮熟了的狗頭,難看死了。") 此語帶有貶義,不可隨便運用。

106

107

① 《廣韻·洽韻》:"煠,湯煠。""湯"是沸水的意思,也解作"用熱水焯"的意思。

54

煯　爩

（罩）zaau6-3　（焗）wat1

屈你請吃爩鯉魚

男朋友匆匆忙忙趕到餐館……

男朋友： 對不起，遲到了。點了菜沒有？

女朋友： 點了一個"煯"芋蝦，一個薑蔥"爩"鯉魚。你遲到了，今晚你得請客。

男朋友： 那不是"屈"（冤枉、敲詐）我嗎？

女朋友： "屈"你就是"屈"你，那你受"屈"不受"屈"？

有沒有吃過用油㷸的食品呢?"㷸"本音"驟"[zaau6],口語變調讀"zaau3",俗作"罩","罩"是一個借音字。"㷸"這種烹調法是以猛火煎油,置物油中稍炸即撈,① 如:"㷸花生"、"㷸芋蝦"等。油㷸的食品多香脆可口,但不宜多吃。

"爩"本解作"煙出"或"煙氣",② 後引申為一種烹調法——把肉類塗上醬油,略煎,然後加配料及上湯,慢火燒熱。如:"爩雞"、"爩冬菇"、"薑蔥爩鯉魚"等。

"爩"今多作"焗","焗"是後起字。

①《廣韻・效韻》:"㷸,火急煎皃。"《集韻・效韻》:"㷸,爨急也。"
②《玉篇・火部》:"爩,煙出也。"《廣韻・物韻》:"爩,煙氣。"

55

水夠油

（水溝油）seoi2 kau1 jau4

忌廉夠鮮奶

夫妻二人在餐廳共進晚餐……

太太： 這酸辣湯太辣了，叫夥計換一個。

丈夫： "夠"水不就行了嗎？

太太： "夠"了水就不好喝了。

丈夫： 不好喝就給我吧，別煩了。

太太： 你真奇怪，叫夥計換一個有甚麼問題？你最近跟我像水"夠"油似的，事事鬧彆扭。

丈夫： 好好好，就叫夥計換好了。我也不喜歡水"夠"油，倒喜歡忌廉"夠"鮮奶，你順道替我叫一個好嗎？

“水冚油”的“冚”，一般寫作“溝”或“媾”。“冚”本義是“聚集”，[1]引申有“混和”之意。如説：“紅色冚藍色變咗紫色。”（“將紅色和藍色混和成紫色。”）又如：“加水冚稀啲果汁啦！”（“加些水把果汁的濃度稀釋吧！”）另外，“冚亂”一詞，有“攪雜”之意，例如：“個新工人成日將爸爸同哥哥啲衫冚亂嚟擺。”（“那個新僱的傭人老是把爸爸和哥哥的衣服攪雜擺放。”）

　　俗語有説：“好就糖黐豆，唔好就水冚油。”就是形容人與人之間的關係走極端。“糖黐豆”是指兩人相好的時候，就像糖黐在豆上一樣，形影不離；“水冚油”是指兩人不好的時候，就像水和油混在一起，比喻兩人合不來。

---

① 《説文・勹部》：“冚，聚也。”

打甌爐

(打邊爐) daa2 bin1 lou4

56

去街邊打甌爐

兒子說要請母親 "打甌爐"……

兒子： 媽，今晚請你 "打甌爐"，好嗎？

母親： 去邊度（哪裡）"打甌爐"？

兒子： 去街邊呀。

母親： 不是吧？請媽媽 "打甌爐"，去街邊那麼寒酸！

兒子： 不是啦，大牌檔比上餐館還見風味呢！

母親： 不去，天寒地凍，不上街。你如果真有孝心，便自己買材料，我們在家裡打好了。

香港人於天氣寒冷時，在桌上放置一爐，爐上擺放一煮食器具，煮生的食物來吃，稱"打邊爐"。"打邊爐"的"邊"，有學者認為當作"甂"[bin1]。"甂"是一種瓦器，器身不高，口大，像小盆之形。所謂"打甂爐"，是指放瓦器在爐上，器內置水，將生的食物放入器內煮熟來吃。[①] 現在我們"打甂爐"，也不管爐上的煮食器具是否瓦器，都統稱"打甂爐"。

　　也有人認為"打邊爐"的"邊"就是本字，不必改動。"邊"是"旁邊"的意思，"打邊爐"時，一眾圍在爐邊煮食，因此，"打邊爐"便有強調圍爐而食之意。[②]

　　近年，香港流行四季火鍋，炎炎夏日，人們可以在火鍋店內一邊享受冷氣，一邊圍爐煮食，別具風味，而"打邊爐"也無季節限制了。

---

① 《番禺縣續志・卷二・輿地志・方言》："廣州所謂打甂爐，置瓦器於爐上煮生物食之也。俗寫甂作邊。"
② 詹憲慈：《廣州語本字》，頁 253。

57 打櫼　㩒位

（打尖）daa2 zim1　（攝位）sip3 wai6-2

追本窮源：粵語詞義趣談

攝影㩒位㩒灶罅

一位男職員正要影印兩頁文件，一位女同事跑上來……

女同事： 喂，別打櫼，跟主任説好了，他印好了就輪到我的。

男同事： 是嗎？你要印多少？

女同事： 一百頁左右吧。

男同事： 我只印兩頁，是攝影資料，等着用的，讓我"㩒"進來先印好不好？

女同事： 你"㩒"進來印兩頁，他又"㩒"進來印三頁，那還得了？

男同事： 你這樣小氣，小心沒人要，要"㩒灶罅"了。

女同事： 哼！本來是給你鬧着玩的，現在嘛，回去排隊啦你！

"打櫼"的"櫼"[zim1]，今寫作"尖"。"櫼"的本義是"楔子"。[①]"楔子"是插在木器榫子縫裡的木片，可以令接榫的地方穩固。例如："櫈腳鬆咗，打個櫼入去整好佢啦！"（"櫈腳鬆了，插個楔子進去固定一下吧！"）現在"打櫼"是比喻不守秩序插隊的意思。例如："唔該守秩序排隊，唔好打櫼。"（"請守秩序輪候，不要插隊。"）

　　"𢵧位"的"𢵧"[sip3]今寫作"攝"。"𢵧"的本義是"小楔"，[②]即是小木片，和"櫼"的本義接近。現在"𢵧"引申為幾個意思：一是用物件塞住門的罅縫，將其位置固定，如："用張厚卡紙𢵧住度較門，唔好畀佢鬥埋。"（"用厚紙片把升降機門縫塞住，別讓它關上。"）二是塞進夾縫裡，如："將封信由門罅𢵧入去。"（"把信從門縫塞進去。"）三是插隊的意思，如："你咪夾硬𢵧入嚟，去排隊啦！"（"你別強行插隊，去排隊吧！"）四是墊起的意思，如："𢵧高枕頭瞓覺。"（"把枕頭墊高睡覺。"）

　　另有俗語云："唔夠𢵧牙罅"，即指"不夠塞牙縫的"，極言食物之少。又有俗語說："𢵧灶罅"，即是說塞進灶底下，意指東西沒有用，以比喻女子嫁不出去。如："個女咁大個仲唔結婚，唔通留番嚟𢵧灶罅咩！"（"女兒長大了還不結婚，難道留下來把她塞進灶底不成！"）

①《說文・木部》："櫼，楔也。"
②《集韻・帖韻》："𢵧，𢵧𤴛，小楔。"

115

58

采
（咪）mai1

不能咪嘴就采書

姐姐在看電視，明天要考試的弟弟，這天卻書不離手……

姐姐： 現在的歌星真沒用，説是上台演唱，其實是"咪嘴"——喂，你的偶像出場了，要不要過來看看？

弟弟： 不要了，"采"書要緊。

姐姐： 別那麼緊張，"采"少一會兒不會要了你的命呀！

弟弟： 你説得輕鬆，歌星"采"不熟歌詞可以"咪嘴"，考試"采"不熟課本可會"肥佬"（fail 音譯，指考試不及格）了，還是"采"熟些妥當。

追本窮源：粵語詞義趣談

我們説勤力讀書為"冞書"。"冞"有"深入"的意思。[①]
"死冞"指非常用功讀書，然寓有貶意，略帶死讀書的含義。
至於勤力讀書的學生，則稱"冞家"。例如："佢放暑假都成日
讀書，正一冞家嘅喇。"（"他放暑假還整天看書，真是個啃書
本的人。"）"冞家"的"家"，是指精於（或沉迷於）某種事
的人，除了"冞家"外，還有"飲家"——講究喝酒的人、"食
家"——講究品嚐食品的人、"玩 [waan2] 家"——愛好某些事
物，且有一定經驗、認識的人，或指愛好尋歡作樂的人、"炒
家"——精於倒買倒賣的人等。

　　由於"冞"字不常見，今通以"咪"[mai1] 代之。

①《集韻·齊韻》："冞，深入也。"

59

掠水
loek6-1 seoi2

掠水傘子會漏水

在賣雨傘的店舖……

客人： 你這雨傘不行，快"回水"（退款）。

老闆： 為甚麼要回水啦？

客人： 你的雨傘是漏水的，這樣的雨傘也拿來賣錢，簡直就是"掠水"。

老闆： 我可沒説過我的雨傘不漏水啊。

客人： 你這裡不是寫着"絕不漏水"嗎？

老闆： 對不起，你這是把話掉轉了看，我這裡寫的是"水漏不絕"，可沒有貨不對辦（貨物與樣本不符）呀。

"掠水"的"掠"[loek1]，本音"侵略"的"略"[loek6]，"掠"本字也作"略"，有強搶的意思。[1]"掠"是後起字，本身也有奪取或劫人財物之意。[2]在"掠水"一詞中，"掠"變調讀成"loek1"。

　　"水"在粵語裡有一特別的意義——錢財，如：稱付款為"磅水"，向人借錢稱"度水"，退款稱"回水"，一百元就是"一嚿水"，一千元就是"一撇水"，收入豐厚稱"豬籠入水"等。

　　"掠水"有"搶錢"、"撈錢"的意思，引申為"騙取人家的錢財"之義。"掠水"與另一個粵語詞語"刮龍 [lung2]"（搜刮錢財）的意義是相近的。

①《方言》卷二："略，強取也。"
②《説文・手部》新附字："掠，奪取也。"《玉篇・手部》："掠，掠劫財物。"
　《廣韻・藥韻》："掠，抄掠，劫人財物。"

60

笮年

（責年）zaak3 nin4

大石兄笮死蟹弟弟

年初一，兄弟二人在超級市場……

哥哥： 媽媽説"笮年"的利市（紅包）一定要放在口袋裡的，你有沒有聽話？

弟弟： 有呀。

哥哥： 你拿來看看。

弟弟： 好呀。

哥哥： 乖，我們就用你的"笮年"利市買巧克力！

弟弟： 不要，你這是"大石笮死蟹"呀。

哥哥： 螃蟹一向橫行無忌，"笮死"也是罪有應得呀。

"笮年"現在一般寫作"責年"。"笮"本義為迫，引申有"壓"、"砸"等義，如："笮爛個盒"。"笮"也可解作鎮壓物，如："玉紙笮"是指玉質的鎮紙。俗語"大石笮死蟹"是比喻恃勢欺人。

　　"笮年"是"壓歲"的意思。舊俗過年每將生菜、芹菜等物放在米缸上，又將水果、肉類、油角、鯪魚（取其"有零餘"之意）等物放在米缸中，用以"笮年"，過年後才食用。

惜

（錫）sek3

追本窮源：粵語詞義趣談

用心惜勝於用口咀

婚禮上，眾兄弟在起哄新人……

甲： 新郎，"咀"（親吻）新娘子。

新郎： 你要我"惜"新娘可以，但不要用這"咀"字那麼肉酸。

甲： "咀"有甚麼肉酸？

新郎： 當然，"咀"字從口，"惜"字從心，老婆要用心惜，不是靠把口的呀。

甲： 別理論多多的，快給我"咀"。

新郎： 你們這些老粗，給你們講心是沒用的，那我就"惜"完老婆再"咀"你們好了。

"惜" [sek3] 現在一般寫作"錫"。"錫"是"惜"的借音字。"惜"有文白二讀,文讀作"昔" [sik1],白讀作"錫" [sek3]。

　　"惜"有二解,一是"愛惜"、"疼愛"之意,例如:"佢好惜 [sek3] 嘢。"("他很愛惜東西。")這句"惜"字有"愛惜"的意思。又如:"佢惜(sek3)到個女燶晒。"("他把女兒寵壞了。")這句"惜"字有"疼愛"之意。

　　"惜"的另一個意思是指"吻"。例如:"佢惜 [sek3] 咗女朋友一啖。"("他吻了女友一下。")"惜 [sek3] 荷包"即是愛惜錢包,比喻人過分慳儉,捨不得花錢。"惜 [sek3] 身"就是指愛惜 [sik1] 身體,也比喻人貪生怕死。

62

髧
dam3

的的髧髧長耳環

姐姐旅行回來……

姐姐： 媽媽，這耳環是我特地買給你的，好看嗎？

母親： 幹嗎買這個給我？長長一串，"的的髧髧"的，我是甚麼年紀了，還戴這個！

妹妹： 姐姐是自己喜歡才買下吧！準是忘了買東西給媽媽，臨時拿這個補上！

姐姐： 你這小鬼，怎麼這樣說，我還給媽媽買了吃的東西呢！這耳環送你好了，襯你"的的髧髧"的項鍊和額前"髧"下來的劉海呀！

"髥"是頭髮下垂之貌。[1]如說："你啲頭髮髥晒落嚟啦！"（"你的頭髮全垂下來了。"）引申為垂下來。例如："唔該你髥條繩落嚟。"（"請把繩索垂下來。"）"髥"又有垂釣之意，如："髥魚"、"髥田雞"便是。

　　另外，"髥腮"一詞是指兩腮鬆弛而下垂，"髥胎"（"胎"[2]音"堆"，deoi1），形容人老態龍鍾，肌肉鬆弛。如說："個人仲未夠五十歲，已經好髥胎。"（"那人還不到五十，已是老態龍鍾了。"）

① 《玉篇・髟部》："髥，髮垂兒。"
② 《集韻・灰韻》："胎，腄也。"

摋氣

（嘥氣）saai1 hei3

追本窮源：粵語詞義趣談

摋料摋氣摋金錢

姐弟二人在聊天……

姐姐： 你這個當舅舅的，可以來幫你的小外甥補補習嗎？

弟弟： 我堂堂一個大學生，幫你那個幼稚園小豆釘補習，豈不"摋料"（浪費）。

姐姐： 哈，對着自己的家姐，用不着這樣曬料（炫耀）吧！還有呀，你小時候，我也常常教你做功課呢！

弟弟： 補習就"摋料"，陪我的小外甥玩玩倒是樂事。我不説補習，是免得你要給我學費，"摋"你的錢。

姐姐： 你真是"摋氣"，我可沒想過要交學費，請你吃一頓豐富的，如何？

"攦氣"[saai1 hei3] 今寫作"嘥氣"。"攦"本義為"散失"。[①]引申為兩個意思：一是"浪費"、"糟蹋"，如："攦錢"（浪費金錢）、"攦心機"（糟蹋心思）、"食得唔好攦"（吃得下的別浪費）等；二是錯過機會，如："咁好嘅機會千祈唔好攦呀。"（"這麼好的機會千萬不要錯過啊。"）

"攦氣"一詞也有兩個意思，一是"徒費氣力"，如："你想勸佢回心轉意，攦氣啦！"（"你想勸他回心轉意，只會徒勞無功！"）二是"做夢"、"妄想"，如："你成日想中六合彩，攦氣啦！"（"你整天想中六合彩，簡直是妄想！"）

如今，又有人把"攦氣"說成"攦gas"。"攦gas"是一個中英混形詞。這類混形詞大量存在於港式粵語中。

● 中英混形詞

中英混形詞通常是指一個詞由漢語語素加拉丁字母混合組成，如：粵語"VIP卡"，VIP是Very Important Person的簡稱，"VIP卡"即貴賓卡。又如："入U"一詞，"U"是University的縮寫，"入U"即入讀大學之意。又如："call機"（傳呼機）、"好high"（很興奮），則是漢語語素和英文原詞組合而成的中英混形詞。

[①]《集韻·皆韻》："攦，散失也。"

64

幫趁

（幫襯）bong1 can3

趁得閒去幫趁

店員甲看着對面精品店的女職員，對店員乙説⋯⋯

店員甲： 忙了一個下午，總算空閒些了。

店員乙： 你是説自己，還是説對面那個甜心？

店員甲： 你説甚麼啦？我當然是説自己。

店員乙： 別死撐了，趁人家得閒，去"幫趁"買件精品，順便逗人家説話呀。

店員甲： 説甚麼？

店員乙： 你就問，第一次送禮物給女孩子，該買甚麼好。

店員甲： 這麼差的點子也想得出，這樣我是搞搞震，冇"幫趁"，兼且"搵老襯"（騙人）啊！

追本窮源：粵語詞義趣談

"幫襯"一般寫作"幫襯"，即"光顧"。"襯"本字是"瞡"，解作"金錢"。商店得顧客購物，收銀時稱"多謝幫襯"，即是說"多謝以錢助我"，這是謙詞。

　　二十世紀八十年代，香港諧星廖偉雄在電視節目《笑星救地球》中，經常說"搞搞震，冇幫襯"一語，即是指"只有搗亂、沒有光顧"之意，一時成為大眾的口頭禪。"搞搞震，冇幫襯"，現成為港式粵語的順口溜，引申有"搗亂破壞、愈幫愈忙"等義。

65

黦漶

（扠搲）caa5 wo3-5

糊里麻黦黦漶晒

追本窮源：粵語詞義趣談

下屬見上司……

上司： 你這草圖果然草得很，畫得"糊里麻黦"的，你叫我怎
能拿去見客？

下屬： 對不起，趕工嘛……沒問題吧？客人畢竟只是要個意念
呀。

上司： 話是這樣説，這給人印象不好嘛。就這樣給人看，一定
把我們的計劃都"黦漶"了。

下屬： 那我今晚加班再畫一幅給你怎樣？

上司： 那就謝過了。

下屬： 唉，我和女朋友的燭光晚餐，可也給"黦漶"了。

"黔"[caa5] 本義是"墁污"[1]（即是"把牆壁塗污"之意）。今寫作"扠"，有"塗改"的意思。例如："寫錯字就黔咗佢。"

人們説"糊里麻黔"，就是指亂七八糟或字跡潦草。

"涴"[wo5] 本義是"泥着物"，[2]引申有"污染"、"弄髒"之意。"涴"是"污"的異體字，有"wu1"音，據宋代韻書，"涴"有"wo3"音，[3]變調讀"wo5"。"涴"今作"搞"，可獨用，解作"搞糟了"。如説："件事就噉畀佢搞涴咗。"（"事情就這樣給他搞砸了。"）"涴"又解作變質。如説："隻雞蛋涴咗。"意思指："這個雞蛋壞了。"

"黔涴"是"破壞"、"弄糟"之意。例如："成件事畀你黔涴晒啦！"（"整件事全讓你弄糟了！"）

[1]《廣韻·馬韻》："黔，黔墁，污也。"
[2]《廣韻·過韻》："涴，泥着物也，亦作污。"
[3]《廣韻·過韻》："涴"音"烏臥切"正切"wo3"音。

66

生暴

saang1 bou6-2

寶寶點會怕生暴

兩位母親在商場談天……

母親甲： 這孩子怕"生暴人"嗎？

母親乙： 才不。他一看見"生暴人"就愛抓人的頭髮，是"生暴人"怕他才真。

母親甲： 那慢慢教吧！

母親乙： 唉，他還喜歡把抓到的東西都放嘴裡咬，一次抱着他在廚房，他隨手就抓了塊生肉要放進口裡。另一次，把我的手指都咬腫了……

母親甲： 嘻，你這寶寶真是生人勿近……

粵語"生暴"[saang1 bou6-2] 一詞,有"陌生"、"不熟識"的意思。"生"讀作"saang1",主要有以下諸義:

(1) 未煮熟的,如:"生肉"、"生蠔";

(2) 生疏、不熟習,如:"生字"、"生手";

(3) 陌生,如:"面生"、"生客"。

"生暴"的"生",指的是第三種意義。"暴"有"突然"的意思,[①] 如"暴發戶"、"暴冷暴熱"的"暴",都有驟然而來的含義。

粵語凡言初到一地,初見一人,如非熟識的,都叫"生暴","生暴"的"暴",口語多讀作"bou2"(音"補")。如:"佢唔慣生暴地方,幾晚都瞓唔到覺。"("他不習慣在陌生的地方居住,一連幾個晚上都睡不着覺。")又如:"個細蚊仔怕生暴,唔敢叫人。"("那個小孩子怕生,不敢跟他們打招呼。")

---

① 《廣雅·釋詁》:"暴,猝也。"

67

奇離
（騎呢）ke4 le4

奇離又離奇

女兒準備參加同事的婚宴……

母親： 阿女，怎麼穿牛仔褲參加人家的婚宴，你衣櫃裡就沒有一條像樣的裙子嗎？

女兒： 沒有呀，你甚麼時候見過我穿裙來！不就只有校服裙嘛。我穿裙的樣子怪怪的，很"奇離"呀。

母親： 你穿得"奇離"不要緊，可別把人家的婚禮弄得"奇離"呀！

女兒： 哈，這婚事本身已經又"奇離"又離奇。我這兩個同事是歡喜冤家，一肥一瘦，終日吵架，誰也沒想過他倆會走在一起……

母親： 你趁時間尚早，趕緊買件得體的衣服吧！就只顧八卦別人……

 追本窮源：粵語詞義趣談

"騎呢" [ke4 le4] 的本字是"奇離"。"奇離"本讀"kei4 lei4"，因口語變讀"ke4 le4"。"奇離"有幾個意思，其中一個是指古怪、難看。例如："佢個樣好奇離。"（"他樣子很古怪"或"他樣子很難看。"）

　　另外"奇離"亦指人的服飾或姿態奇形怪狀。如說："嗰個人着嘅衫好奇離。"（"那個人穿的衣服很古怪。"）"奇離"亦解彆扭、尷尬。例如："噉樣做唔係好奇離咩？"（"這樣做不是很彆扭嗎？"）"奇離"又可用以喻服飾或姿態奇形怪狀的人。

　　另有"奇離怪" [ke4 le4 gwaai3]（"怪"或音"gwaai2"）一詞，原是蛙的一種，生活在樹上，善跳，顏色和樹幹相似，身體較青蛙瘦。"奇離怪"通常用來比喻身形瘦小的人，如說："你睇佢奇離怪嘅樣。"（"你看他活像一隻奇離怪。"）便是。

　　用"ke4 le4"來表示"騎呢"的讀音並不太準確，因為"呢"是 n- 聲母起音的，音"ne1"，即使變調，也該讀成"ne4"，而不是讀"le4"。由於香港人多把 n- 聲母字讀成 l- 起音，遂將"呢" [ne4] 讀成"le4"，於是便造成一個錯誤的記音符號了。

68 鬼嘜

（鬼馬，gwai2 maa5）gwai2 mak6

鬼嘜鬼佬騎鬼馬

父子二人在看西部電影影碟……

父： 現在這些鬼佬的打鬥場面，越來越像港產片。

子： 為甚麼只管叫人家“鬼佬”?

父： 外國人不叫“鬼佬”叫甚麼?

子： 那外國馬要不要叫“鬼馬”?

父： 你問得倒“鬼嘜”——幹嘛為了一句“鬼佬”就那樣抓住我不放?

子： 鬼叫你種族歧視——哈，你看這“鬼佬”多“鬼嘜”。

"鬼䀪" [gwai2 mak6] 現在一般寫作"鬼馬"。"鬼䀪"原有"黠慧"之意，西漢時稱為"鬼"。[1] "䀪"也有"黠慧"之意[2]，"䀪"又作"脈"，因音轉而為"馬" [maa5]。[3]

"鬼馬"含義有二，一是"滑頭"、"狡猾"之意，如說："呢個人好鬼馬，因住佢。"（"這個人很滑頭，當心他。"）另一含義是"機靈"、"有趣"之意，如說："嗰個喜劇演員演技好鬼馬，好搞笑。"（"那個喜劇演員演技非常生動有趣，很搞笑。"）在二十世紀七十年代，許冠文和許冠傑合作電視節目《雙星報喜》，當中的主角機靈風趣。節目播出後，大受歡迎。後來許氏兄弟以《雙星報喜》為橋段開拍電影，易名為"鬼馬雙星"，在電影界取得神話式的成功。

---

① 《方言》卷一："虔，儇，慧也。……自關而東，趙魏之間謂之黠，或謂之鬼。"〔東晉〕郭璞注"鬼"字云："言鬼䀪也。"

② 《方言》卷十："䀪，又慧也。"郭璞注云："今名黠為鬼䀪。"

③ 《番禺縣續志·卷二·輿地志·方言》："廣州謂黠慧者曰鬼馬，蓋脈之轉音也。"

69

狼戾

long4-1 lai6-2

追本窮源：粵語詞義趣談

正視女人發狼戾

哥哥找妹妹訴苦……

哥哥： 最近不知你阿嫂搞甚麼鬼，時時發 "狼戾"。

妹妹： 女人是很簡單的，發脾氣通常只有一個原因，就是覺得你不疼惜她。

哥哥： 怎可能呢？我甚麼都依她的呀。

妹妹： 依她是不夠的，你以為她嫁給你是要你給她做奴隸嗎？

哥哥： 那我買禮物給她啦。

妹妹： 你這笨蛋，難道除了聽話和送禮物，你就不懂得多些聽人說話，安慰人家之類嗎？

哥哥： 瞧，連你都發 "狼戾" 了。

“狼戾”指脾氣暴躁，蠻橫無理。“狼戾”一詞出現很早，在先秦的典籍已見到了。[①]“狼戾”書面語讀“狼麗”[long4 lai6]，口語變調讀“long1 lai2”。

　　我們說某人“發狼戾”，就是說那人蠻橫無理地發脾氣。“戾”本身有“曲”義，引申有“扭”、“轉”的意思。如：粵語“瞓戾頸”，是“落枕”之意，指睡覺時枕枕頭的姿勢不合適，以致脖子扭傷疼痛，轉動不便。又，“戾橫折曲”一詞，意思是說歪曲事實，無中生有。“瞓戾頸”和“戾橫折曲”的“戾”，並讀作“lai2”。

[①] 《戰國策 · 燕策一》：“夫趙王之狼戾無親，大王之所明見知也。”

70

俺憸
（俺尖、懨尖、奄尖）jim1 zim1

又嫌又佔又俺憸

在快餐店內，哥哥不要自己的豬扒飯，搶了弟弟的叉鵝飯……

母親： 你自己説要豬扒飯的，幹嗎又要搶弟弟的叉鵝飯？

哥哥： 我嫌這豬扒太肥——哎唷，原來這燒鵝不好吃的，皮不夠脆！

母親： 你這孩子，就懂得嫌這嫌那，"俺俺憸憸"的，還要霸佔別人的東西。把叉燒和鵝都給我，你吃白飯好了。

哥哥： 不要，我請弟弟吃一片叉燒當賠罪好了，弟弟不"俺憸"，他不會嫌棄的。

"俺憸" [jim1 zim1] 一詞寫法很多，有"俺尖"、"憪尖"、"奄尖"等，原作"俺憸"，見宋代《韻書》。[①] "俺"音"奄" [jim1]，"憸"本音"殲" [cim1]，音變為"尖" [zim1]。

　　"俺憸"原意解"多意氣貌"，[②] 引申為愛挑剔之意。當"俺憸"的人處理問題時，糾纏於末節，每多意氣之爭，予人難侍候、喜挑剔的印象。

　　又"俺憸腥悶"一語，指挑剔、難以侍候。"俺憸腥悶"又可簡稱"俺悶"，意義不變。

① 《集韻·鹽韻》："俺憸，多意氣皃。"
② 同上。

71

荻式

（的式）dik1 sik1

荻式瓶子荻式人

男朋友公幹回來，給女朋友帶來了小禮物……

男朋友： 送給你的，喜歡嗎？

女朋友： 這是甚麼，"荻荻式式"的很別致呀！

男朋友： 你猜！

女朋友： ……這瓶蓋，怎樣打開呢？

男朋友： 你按着這粒"荻"，一扭，不就打開了？

女朋友： 是香水瓶嗎？可愛極了，我最愛這些"荻式"的小器物。

男朋友： 唔，我嘛，我可比較喜歡像你這樣"荻式"的女孩。

"dik1 sik1"俗作"的式"，正字當作"茢式"。"茢"本義是"蓮子"，[①]引申為物品上類似蓮子的東西，如："帽茢"（瓜皮帽頂）、"茶杯蓋茢"（茶杯蓋的頂子）、"錶茢"（用以撥動手錶時針、分針和調校日期的機件）。

　　"茢式"又引申有"小巧玲瓏"、"精緻"的意思，如："呢塊水晶飾物好茢式，真係人見人愛。"（"這塊水晶飾物很精緻，真討人喜歡。"）"茢式"又有"少"的意思，如："呢碟菜整得咁茢式嘅！"（"怎麼這道菜的份量那麼少！"）"茢式"又可重疊為"茢茢式式"，有加強原詞意義的作用。

　①《爾雅·釋草》："荷，……其中的。"〔唐〕陸德明《經典釋文》："的，或作茢。"

72

瞠盯

（忙憎、瘋憎、瞢瘤）mang6-2 zang2

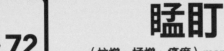

瞠瞠盯盯乞人憎

丈夫在書房裡大叫……

丈夫： 老婆，我的計劃書呢，不是放在桌上嗎？明天還要向客
戶報告呢！

妻子： 你"瞠盯"甚麼？也不怕"乞人憎"。是不是放在白色
文件夾裡的？你接電話時放到旁邊去了，看看是不是在
那兒。

丈夫： 對，就是這個！還是老婆細心。對不起囉，我一心急，
人就"瞠"了，有沒有嚇着你？

妻子： 我才不會給嚇着，但你明天可別"瞠盯"，否則，大小
客戶都給你嚇跑了！

"瞞盯" [mang2 zang2] 一詞，現在一般寫作 "忟憎"、"猛憎"、"瘱癗" 等。"瞞" 本音 "mang6"，變調讀作 "mang2"。"瞞盯" 本解作怒目而視之貌，[①] 後來引申為 "急躁"、"心煩氣盛" 之意，如說："我做唔晒啲嘢，而家好瞞盯。"（"我尚未完成工作，真煩氣。"）"瞞盯" 可重疊為 "瞞瞞盯盯"，有強化原詞意義的作用。

　　"瞞盯" 又可單說成 "瞞" [mang2]，意義不變，如說："你使乜咁瞞，慢慢搵，實搵得番隻戒指嘅。"（"你用不着這麼心煩，慢慢找，一定可以把戒指找回來的。"）另外，粵語稱 "發脾氣" 為 "發瞞" 或 "發瞞盯"；說人鬧情緒則稱 "瞞頸"。

---

① 《廣韻·映韻》："瞞，瞞盯，瞋目。"又〈梗韻〉："盯，盯瞞。"又《集韻·映韻》："瞞，瞞盯，目怒兒。"又〔宋〕趙叔向《肯綮錄·俚俗字義》："怒目視人曰瞞盯。"

左搞右搞好摎攪

辦公室內……

同事甲：唉，累死了。

同事乙：怎麼啦？是那個出版計劃出了問題嗎？

同事甲：就是啦，一天到晚聯絡作者，一個個都在拖我的稿，出版社又在催，真是"摎攪"。

同事乙：文人從來都是"摎攪"的嘛。不過，我最近也給人搞得很"摎攪"。

同事甲：誰呀？

同事乙：你囉，我借了你三千塊錢，你還沒有還給我，交稅的日子又近了……

同事甲：唉，"摎攪"作者和"摎攪"債主一起來搞我，真是"摎攪"死了。

"摎攪" [laau2 gaau6] 的"摎"，於宋代韻書中有"laau4"一音，[1]現在變調讀成"laau2"。"摎"的本義是"縛殺"，[2]引申為"纏繞"，[3]又引申為"物相交"。[4]"攪"本音"gaau2"，變調讀成"gaau6"，有"亂"的意思。[5]

　　"摎攪"一詞有幾個不同的解釋。一是指凌亂，無條理，例如："佢做嘢好摎攪。"（"他做事沒有條理。"）二是指品德不好，例如："佢份人好摎攪，信唔過。"（"他這個人品德不好，不可輕信。"）三是麻煩之意，例如："呢單嘢認真摎攪。"（"這件事十分麻煩。"）

　　"摎攪"又可重言説成"摎摎攪攪"，有強化"摎攪"意義的作用。

---

① 《集韻・肴韻》："摎"音"力交切"，得"laau4"音。
② 《説文・手部》："摎，縛殺也。"段注："凡以繩帛等物殺人曰縛殺，亦曰摎，亦曰絞。"
③ 《説文》段注："凡繩帛等物二股互交皆得曰摎，曰絞，亦曰糾。"
④ 《集韻・肴韻》："摎，物相交也。"
⑤ 《説文・手部》："攪，亂也。"

蔫韌

（煙韌）jin1 ngan6

74

比年糕更蔫韌

農曆新年，母親做了年糕……

爸爸： 媽媽，你煮的年糕真是又香又"蔫韌"，比店裡買來的要好吃呢！

兒子： 爸爸，你跟媽媽比年糕更"蔫韌"呢！肉麻死了。

母親： 我們"蔫韌"，我做的年糕"蔫韌"，你吃得高興，還投訴甚麼？

兒子： 我哪敢投訴？我不過是羨慕吧！我將來找個女朋友，你得好好教她做年糕。

"jin1 ngan6" 現多寫作 "煙韌"，它本寫作 "蔫靭"。"蔫" 的本義指植物因失去水分而枯萎。[1] 引申有 "軟" 的意思，如："蔫軟" 一詞便有柔軟的意思。"蔫" 也引申為食物經久而變臭，[2] 如："蔫崩爛臭"（一般寫成 "冤崩爛臭"），是指 "臭哄哄的"。"靭" 是 "粘" 的意思。[3] "蔫靭" 是形容男女之間的纏綿親暱。例如："佢兩個成日出雙入對，鬼咁蔫靭。"（"他們倆出雙入對，十分親暱。"）

　　另外，"蔫靭" 也寫作 "蔫韌"。"蔫韌" 一詞，指又柔軟又結實，不易折斷的意思。例如："呢種香口膠咬落好蔫韌。"（"這種口香糖又柔軟又結實。"）現在 "蔫靭" 與 "蔫韌" 統由 "煙韌" 取代了。

① 《說文·艸部》："蔫，菸也。" "菸" 有枯萎的意思。《集韻·魚韻》："菸，……一曰殘也。"
② 《廣韻·仙韻》："蔫，物不鮮也。"
③ 《集韻·震韻》："靭，粘也。"

75

濕滯

sap1 zai6

濕滯的女強人

兩個朋友在街上遇上⋯⋯

甲：兩星期沒遇見你，你瘦多呢！生病嗎？

乙：病倒沒有，只是這陣子有點 "濕滯"，吃的比以往少，不瘦才怪呢。

甲：那你多吃清淡的食物，多喝水，如無改善可看中醫，吃兩劑茶便會好了。

乙：放心吧！我的腸胃沒有問題。只是我這陣子工作不大順利，接了個棘手的計劃，不知道怎樣解決，工作也不知道要甚麼時候才可暫停一下呢？"濕滯"！

"濕滯"本為中醫術語，指腸胃不適，消化不良，也指某些食物吃了會引起腸胃不適的反應。如說："我呢排有啲濕滯，食唔落嘢。"（"我近日腸胃不適，吃不下東西。"）後來，"濕滯"被借喻為做事不順利。

　　一說"濕滯"本作"澀滯"[sap1 zai6]，"澀"有"不滑溜"、"不光滑"的意思。[①]"澀滯"本指道路險阻，[②]引申有"做事不順利"的意思。

　　無論"sap1 zai6"寫作"濕滯"或"澀滯"，皆可引申出以下的意義：

　　（1）麻煩，（事情）棘手，例如："呢單嘢認真濕滯（澀滯）。"（"這件事情相當棘手。"）

　　（2）尖酸刻薄、難相處，例如："佢份人好濕滯（澀滯）嘅。"（"他這個人尖酸刻薄，很難相處。"）

---

① 《説文·止部》："澀，不滑也。"《説文解字詁林·續編》："《説文》無'澀'字。〈止部〉：'澀，不滑也。'即'澀'。"
② 《晉書·卷六十七·郗超傳》："偄偄秋冬，船道澀滯。"

76

邋遢

（辣撻）laat6 taat3

年廿八，小弟小妹洗邋遢

年廿八，洗邋遢，一家忙於清掃家居……

姐姐： 終於打掃乾淨，可以睡覺了！

母親： 且慢，還有幾件東西要洗呢！

姐姐： 是甚麼？

母親： 會走會跑的。先把你那一邊抹廚房一邊偷吃的妹妹找來洗一遍，再把你兩個邊抹地邊 "轆地沙" 的 "邋遢" 弟弟找來作深層清潔。

姐姐： ……我再把自己洗了才睡，大概要到年廿九了！

“邋遢”[laat6 taat3] 一般寫作“辣撻”，這只是記音俗寫。“邋遢”一詞本來是形容行走之貌，[①] 引申有行不正貌；假借指為人猥瑣糊塗，不整潔的意思。現在，“邋遢”只保留“不潔淨”、“骯髒”的意思。“邋遢”解作不潔，當在明或以前。傳說太極拳的創始人張三丰，不重儀容，衣着骯髒，故有“張邋遢”之稱。[②]

　　“邋遢”可指身體或衣物的不潔淨，如說：“你成身咁邋遢，快啲去沖涼啦。”（“你身上那麼髒，快點兒去洗澡吧。”）也可指環境的不整潔，如說：“地下好邋遢，掃下佢啦。”（“地板很不整潔，打掃一下吧。”）

　　“邋遢”也可重言說成“邋邋遢遢”，有強化“邋遢”意義的作用。

---

① 《廣韻·盍韻》：“邋遢，行皃。”又《廣韻·葉韻》：“邋，邐也。”
② 《明史·卷二百九十九·張三丰傳》：“張三丰，……以其不飾邊幅，又號張邋遢。”

77

嬪鬼

（盞鬼）zaan6-2 gwai2

嬪鬼伯母買燕盞

燕窩專門店內……

店員： 太太，這些燕盞品質好，一千二百元一兩，不貴了。

顧客： 來呀小兄弟，給我打個折扣，最多將來你跟女朋友鬧翻的時候我替你講好話。

店員： 太太你真"嬪鬼"。好了好了，給你一個九折就是。

顧客： 我"嬪鬼"？你的女朋友那麼漂亮，你不比我還"嬪"嗎？

店員： 你認識我的女朋友嗎？

顧客： 她是我的女兒！

"孱鬼" [zaan2 gwai2] 現在一般寫作"盞鬼"。"孱"的本音讀"賺" [zaan6]，變調讀"盞" [zaan2]。"孱"的本義是"美好"，[①]引申有"好"、"寫意"、"有意思"等義。"孱"獨用之例，如："天氣咁凍，打下嚿爐就認真孱喇。"（"天氣這麼冷，吃火鍋真的很好。"）"孱"在這裡就有"好"的意思。又如：天朗氣清的時候，或説："今日咁涼爽，去遊車河兜風都幾孱。"（"今天天氣這麼涼快，開着車兜風挺寫意。"）這個"孱"就是指"寫意"。又如："而家可以利用電腦上網購物，真係孱。"（"現在可以利用電腦上網購物，真有意思。"）"孱"就有"有意思"之意。

154

　　"孱鬼"一詞有"美好"、"妙"、"有意思"等義，用法大致與"孱"相同，"鬼"字是起加重語氣的作用。

155

　　另有"孱嘢"一詞，一般是指好的東西或好的事情。例如説："捞到孱嘢。"就是指得到好的東西。又如："呢個係孱嘢嚟㗎。"即是説："這是好事情。"

---

① 《廣韻·翰韻》："孱，不謹也。一曰美好兒。"

光振振

gwong1 caang4 caang4

光振振的中餐館

情人節晚上……

女朋友： 你怎麼選上這樣的館子，"光振振"的，毫無情調！

男朋友： "光振振"才好，我的女朋友艷光四射，幽暗一些的地方，我怕讓你顯得太"振眼"了。何況，這裡的食物也不錯呀！

女朋友： 你就懂得嘴甜舌滑，老老實實認了吧，是你愛吃中菜，就拉人家到這種大水晶燈"光振振"的地方！我不是說過要吃西汁燴石斑嗎？

男朋友： 這兒也有石斑呀！燈不夠光，看不到魚骨的。我還點了橙花雞，橙雞橙雞，不及你鋹雞 (潑辣不講理)……

"光振振"的"振"本有"觸"、"碰撞"的意思。[1]"振"
由人身的接觸引申為光線接觸眼睛，"光振振"指光亮刺眼。
如説："枝光管光振振，對得多會壞眼㗎。"（"日光燈的光線
刺眼，接觸太久對眼睛有害。"）

　　另外，"振眼"一詞指光線刺眼，如説："呢處陽光好振
眼，行開啲坐啦。"（"這兒的陽光很刺眼，還是離遠點兒坐
吧。"）

① 《廣韻·庚韻》："振，振觸。"

肥腯腯

fei4 dat6-1 dat6-1

肥腯腯不怕肥淰淰

餐廳裡……

太太： 這個乾炒牛河簡直是油浸牛河嘛，"肥淰淰"的。

丈夫： 別嫌這嫌那，能吃就吃好了。

太太： 這也叫能吃嗎？怪不得你"肥腯腯"像個球似的。

丈夫： 嫌我了是不是？

太太： 不敢，不過我不要陪你做大胖子。

丈夫： 好呀，那就讓我們一生"肥與瘦，肥拖住瘦……"

粵語形容"肥"的詞彙很多，"肥腯腯"是其中一詞。它是由單音形容詞"肥"加疊音後綴"腯腯"構成。"腯"本指豬的肥胖，[①] 後來引申為"肥胖"之意。"肥腯腯"是指胖得豐滿、結實的意思。如説："呢個細路仔塊面肥腯腯，好得意。"（"這孩子臉兒胖嘟嘟的，很好玩。"）

　　"肥"尚與其他疊音後綴結合，表示不同的肥態。例如："肥豚豚 [tan4]"是形容人胖得臃腫難看。"肥优优 [dam3]"[②] 是肥胖而肉下垂貌。如説："嗰個人下扒肥优优。"（"那人下巴頦兒胖得垂下來。"）"肥淰淰 [nam6]"是油汪汪的。如説："你隻手肥淰淰，快啲洗乾淨佢啦！"（"你的手油汪汪的，快點兒洗一下吧！"）

① 《説文·肉部》："腯，牛羊曰肥，豕曰腯。"
② "优"同"髦"，髮垂貌。《玉篇·人部》："优，《詩》云：'髦彼兩髦'，或作优。"

黃家小姐黃黚黚

男朋友來接女朋友上街⋯⋯

女朋友： 我這身打扮好看嗎？

男朋友： 噫⋯⋯不錯呀，但你怎麼把臉弄得"黃黚黚"的？

女朋友： 甚麼"黃黚黚"？這是金粉。今季流行金色化粧，我還塗了古銅色粉底呢！

男朋友： 但看上去臉色不太好呀⋯⋯還有呢，這"黃黚黚"的襯衣，也是最新款式嗎？

女朋友： 是呀，這叫"洗水look"，我也給你買了一件呢！

男朋友： 黃小姐，我可以把它留着當睡衣嗎⋯⋯

粵語的形容詞，有由單音節的形容詞加上疊音後綴而成，後綴或有一定的附加意義，如："黃黚黚"一詞便是了。"黚"也有讀作"kam4"，因而誤寫成"禽"。"黚"[gam4] 是黃黑色，[①] "黃黚黚"指黃中帶黑，黃得黯淡無光。如說："你塊面黃黚黚，氣色好差。"（"你的臉色黑黃，很難看。"）又如："件恤衫條領黃黚黚噉，唔好着啦！"（"這件襯衣衣領又黃又黑，不要再穿了。"）

① 《説文‧黑部》："黚，淺黃黑也。"

黑矖矖的鬼和神

一對姐妹在分享扮靚心得……

姐姐： 這款洗頭水很好用，頭髮洗過後 "烏黢黢" 的，又黑
又亮。

妹妹： 是嗎？這個牌子的美白面膜可糟透了，我用了一整盒，
還是 "黑矖矖" 的像個黑面神。

姐姐： 有哪個牌子的面膜是效果較好的嗎？

妹妹： 不知道啦。我用過很多牌子，始終像隻黑鬼一樣。

姐姐： 剛剛才說自己是黑面神，現在又說自己是黑鬼，真是神
又是你，鬼又是你。

"hak1 mang1 mang1" 或 "hak1 mang4 mang1" 的寫法是 "黑
矇矇"。"矇" 本音 "mang4"，變調讀 "mang1"，有 "黑暗"
的意思。[①] "矇" [mang4] 字疊用作為 "黑" 的後綴，全詞讀為
"hak1 mang1 mang1" 或 "hak1 mang4 mang1"，形容黑漆漆的。
例如："間屋停電，周圍黑矇矇，乜都睇唔到。"（"房子沒有
電，四周黑漆漆的，甚麼也看不見。"）另外，人的膚色黑也
可稱 "黑矇矇"。

　　"烏黢黢" 一作 "烏卒卒"，"卒" 是借音字。"烏" 解作
"黑"，如："烏豆" 指 "黑豆"，"烏雞" 指 "黑皮雞"。"黢"
也有黑的意思。[②] "烏黢黢" 形容物體烏黑，或形容物體黑得
發亮。例如："佢哋頭髮烏黢黢，幾好睇。"（"他的頭髮烏油
油的，很好看。"）又如："隻蟋蟀個頭烏黢黢，一定好打得。"
（"那隻蟋蟀的頭烏油油的，一定很勇猛善鬥。"）

---

① 《説文·冥部》："矇，冥也。"
② 《集韻·術韻》："黢，黑也。"

鬅鬆變得齊葺葺

髮型屋內……

髮型師： 你說先前頭髮很容易變得"鬅鬆"，現在該會帖服了。

客人： 對呀，現在"齊葺葺"的帖服極了。師傅手勢（手藝）很好啊。

髮型師： 當然囉，我拿剪刀謀生已經很多年了。

客人： 師傅做這一行很久了？

髮型師： 不，我以前是個園丁。

"齊葺葺"一般寫作"齊輯輯","輯"是借音字,"葺"是本字。"葺"本義是以茅草蓋屋之意。[①] 引申有"修補"、"齊整"之意。[②] "齊葺葺"就是"整整齊齊"。比如説:"書架啲書排得齊葺葺。"("書架上的書排列得整整齊齊的。")

　　"鬞髼"一詞是形容頭髮的凌亂,[③] 今作"蓬鬆"("蓬"口語讀"pung4"),例如:"你嘅頭髮咁鬞髼,梳下佢啦!"("你的頭髮那麼亂,梳一下吧!")"鬞髼"可以重疊為"鬞鬞髼髼",其意義有強化作用。

---

① 《説文・艸部》:"葺,茨也。"又云:"茨,以茅葦蓋屋。"《左傳・襄公三十一年》:"繕完葺牆,以待賓客。"杜注:"葺,覆也。"孔疏:"此云葺牆,謂草覆牆也。"
② 李清照論詞云:"至晏元獻、歐陽永叔、蘇子瞻,學際天人,作為小歌詞,直如酌蠡水於大海,然皆句讀不葺之詩爾。"(見胡仔《苕溪漁隱叢話》,頁254。)文中的"葺",便有整齊之意。
③ 《集韻・東韻》:"鬞,《字林》:'鬞髼,髮亂皃。'"

濕納納

（濕涸涸）sap1 nap6 nap6

糰糯男人濕納納

丈夫一回家，就倒到沙發上……

太太： 怎麼啦你，很累嗎？

丈夫： 唉，今天見了幾個客，一天在外邊跑，攝氏三十五度的天氣，弄得渾身"濕納納"，難受死了。

太太： 那你去洗個澡呀！

丈夫： 在這裡多躺一會吧。

太太： 別那麼"糰糯"啦，沙發沾了汗漬很難清洗的，洗不乾淨要買新的，到時你可不要怨花錢了。

"濕泅泅"一詞，"泅泅"的語源跟"納納"（音"接納"的"納"[naap6]）有關。"納納"本來是指"絲的濡濕"，[①]後引申為"衣服濕漉漉"。"泅"是後起字，本身也有濕的意思。[②]如說："件恤衫有啲泅，唔好着住。"（"這件襯衣有點濕，不要穿着了。"）現在，"泅"已成為"濕泅泅"的專用字。"濕泅泅"一詞有二義：

　　（1）潮濕，例如："回南天，周圍都濕泅泅噉 [gam2]。"（"天氣回暖，颳南風，四周都濕漉漉的。"）

　　（2）濕淋淋，例如："你件衫濕泅泅噉，快啲換咗佢啦。"（"你的襯衣濕漉漉的，快換了吧！"）

　　另有一詞語"黐糊糊 [nap6]"也有人把它寫成"黐泅泅"。其實應作"黐糊糊"。"糊"有"黏"的意思。[③]我們說"黐糊糊"或"糊黐黐"，也就是說"黐糊糊"。如說："摸過張糖紙，隻手黐糊糊。"（"摸過這張糖紙，連手也黏糊糊的。"）"糊"又有"膩"的意思，如："糊油"，是指機器因油漬太多而停止運轉。"糊"引申也有"不爽快"的意思，如說："乜佢做嘢咁糊糯 [no6] 㗎！"意謂"那人做事不爽快"。又如："糊手糊腳"，是說"辦事不夠爽快"的意思。

---

①《說文‧系部》："納，絲溼納納也。"
②《廣韻‧緝韻》："泅，濕泅。"
③《集韻‧洽韻》："糊，粘也。"

蹘躝躝

（劼躝躝）gui6 laai6-4 laai6-4

84

賴蹘男人蹘躝躝

吃過晚飯，丈夫躺在沙發上看電視……

妻子： 老公，今天你當值洗碗呀！

丈夫： 天文台説後天會打風（颳颱風），我現在風濕發作，成身
"蹘躝躝"的。

妻子： 你這懶鬼，前天説是劇集大結局不洗碗，昨天又説忙工
作，今天則是成身"蹘躝躝"。我説你不是"蹘躝躝"，
是賴得就賴才真呢！

丈夫： 你給我多洗一天碗，我給你洗一個星期好嗎？

妻子： 這個當然！待會兒我洗碗洗得"蹘躝躝"，你可要給我
好好的按摩一下啊！

追本窮源：粵語詞義趣談

"蹶"解作睏倦、疲倦。[①]如說："做嘢做到好蹶。"（"工作做得很疲憊。"）"行路行到兩隻腳蹶晒。"（"走路走得腿也累了。"）"蹶"今多寫作"癐"或"劸"。

　　另有"蹶躐躐"[gui6 laai4 laai4]一詞，是指累得起不來。如說："行咗成日路，周身蹶躐躐。"（"走了整天路，全身疲乏不堪。"）"躐"本音"laai6"，變調讀"laai4"。"躐"[laai4]本是"跛行之貌"，[②]人累了，走路有氣無力，一拐一拐的，像跛行似的，故曰："蹶躐躐"。"躐"或作"蹢"，"蹢"是後起字。

①《集韻·廢韻》："蹶，小溺也。一曰倦也。"
②《玉篇·足部》："躐，跛行也。"《集韻·泰韻》："蹢，跛也。一曰蹢跙，邪行。"

醮絣絣

（巢絣絣）caau4 mang1 mang1

醮皮夫妻

老夫老妻在整裝出門……

太太： 你瞧，我們都老啦。

丈夫： 不老呀，我覺得你還很漂亮。

太太： ……可你看，皮都"醮"了。

丈夫： "醮"皮有甚麼大不了，我們剛出生時不也是"醮"皮的麼？

太太： 好啦，皮"醮"不要緊。你那件"醮絣絣"的襯衣卻見不得人呀，脫下來我給你熨熨吧。

"醮" [caau4] 的本義是"面焦枯小"意，[1]是"憔悴"的"憔"的本字。[2]"醮"除有"憔" [ciu4] 音外，尚有"caau4"音，後者相信是古音的遺讀。"醮"今作"巢"，"巢"是借音字。

　　"醮"（以下均讀作"caau4"），今有二解：

　　(1) 皮皺，例如："佢塊面都醮晒。"（"他的臉全起皺了。"）

　　(2)（衣服）有褶子、不平整，例如："佢條裙坐到醮晒。"（"她的裙子坐得起皺了。"）

　　引申指其他物件皺縮，如："張紙醮咗"。（"那張紙皺縮了。"）

　　另有"醮絣絣" [caau4 mang1 mang1][3] 及"醮皮"二詞。前者形容衣物有褶子，後者謂"起皺紋"（如：人的面部）或"蔫皮"（指水果因乾水而起皺）。

---

① 《説文・面部》："醮，面焦枯小也。"
② 《玉篇・面部》："醮……《楚辭》云：'顏色醮顇。'"今本《楚辭・漁父》作"顏色憔悴"。
③ "絣"本指古代氐族人用雜色線織成的布，引申有"編織"、"繃"、"張"等義，再引申有"皺縮"之義。

牙齾齾

（牙擦擦）ngaa4 caat3 caat3

牙齾齾前先刷牙

兒子明天參加校際比賽⋯⋯

兒子： 媽媽，明天是我的大日子，我是學校的代表，全世界的人都在看我，你得記着幫我熨校服，我可不能失禮呢！

母親： 看你"牙齾齾"的樣子，別人會以為你學校的學生都這樣"牙齾"的。

兒子： 我哪裡"牙齾"呢？不過是有點緊張吧。

母親： 校服我自然會給你熨，但你也得早點刷牙睡覺，別再"牙齾齾"。

兒子： 好，好！我不"牙齾齾"，我刷牙就是。

我們通常說那些自視甚高的人誇誇其談為"牙擦"，"牙擦"與"牙刷"同音，因此"牙擦"容易誤解為刷牙的刷子。其實，"牙擦"本作"牙齾"，"齾"是牙齒銳利的意思。[1]又作"齹"。[2]"牙齾"引申為"伶牙利齒"之意。大凡自負而口齒伶利的人，愛自我炫耀，粵語稱之為"牙齾"。例如："佢份人好牙齾，睇唔起人。"（"他這人自視甚高，瞧不起別人。"）由於"齾"字難寫，字音難辨，後來以同音字"擦"代替。

"牙齾"又稱"牙齾齹"，意義不變。

① 《玉篇·齒部》："齾，齒利也。"
② 《集韻·點韻》："齹，齒利。"

87

心怵怵　　心悒

（心郁郁、心嘟嘟）

sam1 juk1 juk1　　sam1 ap1

心悒不如心怵怵

太太回家，看見丈夫坐在沙發上，沒神沒氣的⋯⋯

丈夫： 我們的畫眉死了。

太太： 真的？怎麼死的？

丈夫： 我也不知道，前兩天看牠有點呆，就覺得不對勁，想不到這麼快就死了，真是心都"悒"晒。

太太： 別這樣，不如我們先去游水，"怵"動一下，然後再找些有關收養動物的資料好嗎？我記得你說過想收養小貓。

丈夫： 小貓？你可說得我"心怵怵"啦。

太太： "心怵怵"就"怵"啦！

"心惝惝"的"惝"，今寫作"郁"或"嘟"。"惝"本義是"心動"，[1]"心惝惝"是動心之意。例如："股市大升，連阿伯都心惝惝想入市。"（"股市興旺，連老伯伯也動心，想入市炒作一番。"）

　　"惝"由心動引申到身體其他部分的活動。如："惝手"即動手，"惝手惝腳"是動手動腳。"惝身惝勢"指身體老是動來動去，形容人的儀態不斯文。"惝"也泛指活動。如說："放工返屋企，惝都唔想惝。"（"下班回家，動都不想動了。"）

　　"sam1 ap1"的"ap1"本字作"悒"。"悒"的本義是"不安"。[2]"心悒"是指內心不安、不暢快的意思。例如："呢單嘢總有解決嘅辦法，你咪心悒啦！"（"這件事總有解決的辦法，你別不安吧！"）

　　"心悒"又可以說成"心悒悒"，用法與"心悒"同。"心悒"又可單說成"悒"，即鬱在心中。如說："有唔開心嘅嘢要講出嚟，千祈唔好悒喺個心嗰度。"（"有不愉快的事情要說出來，別悶在心裡。"）

---

① 《集韻·屋韻》："惝，心動。"
② 《説文·心部》："悒，不安也。"

眼罳罳　眼瓃瓃
（眼擎擎）　　（眼厲厲、眼瞓瞓）
ngaan5 king4 king4　　ngaan5 lai6 lai6

88

嚇到眼罳罳的恐怖片

在學校裡……

同學甲： 你看了最近上映的那齣鬼片嗎？聽說很多人都給嚇得
"眼罳罳"！

同學乙： 才不恐怖呀，這類電影我看多了。只是一大堆血肉模
糊的鏡頭，加一些似是而非的情節。不過我身旁的女
孩真的被嚇到"眼罳罳"，我見到她的樣子，忍不住
笑了一聲，她便"眼瓃瓃"的，警告我不要再看她。

同學甲： 你也是的，人家已經很驚慌了，你還笑人。

追本窮源：粵語詞義趣談

"罿"是目驚視貌，[1]"眼罿罿"是"目瞪口呆"之意。例如："佢眼罿罿噉坐喺度，梗係嚇親啦。"（"他目瞪口呆地坐着，定是給嚇呆了。"）

　　"眼觀觀"，今作"眼厲厲"，或作"眼矖矖"。"觀"音"麗"，本義是"求視"，[2]引申為"用不客氣的眼光看人"，含有不滿的情緒。例如："老細觀咗佢一下，佢即刻唔敢出聲。"（"上司瞟了他一眼，他馬上不敢作聲了。"）"觀"也可解為以目示意。例如："主席觀住佢，佢仲唔醒水，繼續講嘢。"（"主席向他使眼色示意，他仍不醒覺，繼續發言。"）

　　"眼觀觀"一詞是形容以不客氣的目光看人的樣子。例如："你眼觀觀望住我做乜？"那是說"你用眼角瞟着我幹嗎？"現在，港人已少説"眼觀觀"，而以"眼超超"（ngaan5 ciu1 ciu1，用不滿、挑釁的眼光看人）代之。

① 《説文·目部》："罿，目驚視也。"
② 《説文·見部》："觀，求也。"段注："視字各本奪，今補。求視者，求索之視也。"

89

眼胎　眼胎胎
（眼對）　（眼對對）
ngaan5 deoi1-3　ngaan5 deoi1-3 deoi1-3

眼對對，面對對

朋友相遇……

朋友甲： 不見才一個星期，你好像憔悴了，眼都"胎"晒。

朋友乙： 對呀，公司工作忙，這幾天都要開夜車。你呢，你也好不到哪兒去，我看你連面都有些"胎胎"地。

朋友甲： 是呀，外國的球賽開鑼嘛，我晚晚追看。

朋友乙： 不值得嘛，身體要緊！

朋友甲： 就只會説我，你為了工作犧牲休息也不好。我們都得小心身體。

"眼脴"的"脴"，本音"堆"[deoi1]，這裡讀作"對"[deoi3]。"眼脴"是指眼皮浮腫，[①]例如："成晚冇瞓覺，眼都脴晒。"（"整夜沒有睡，眼睛都腫了。"）"眼脴脴"意義相近，不同的是"眼脴"中間可插入其他字，如："眼都脴晒"，而"眼脴脴"內部結構固定，中間不能加插任何字、詞。

　　"脴"解作浮腫，不限指眼睛，也可指身體浮腫。例如："睇佢面脴脴嗽，梗係有病。"（"看他面部浮腫的樣子，一定是生病了。"）"脴"也可以獨用，如："手腳有啲脴。"（"手腳有點兒浮腫。"）

---

① 《集韻·灰韻》："脴，腫也。"

90

雨溦溦

（雨尾尾）jyu5 mei4-1 mei4-1

雨溦溦不如吃火鍋

春天是雨季，外面整天下着細雨，已經把同學的旅行計劃打亂了好幾次……

同學甲： 只是"溦溦雨"罷了，我們還是照樣行山吧，下次要再約齊一班舊同學，一定更難！

同學乙： 不，現在雖然下雨"溦"，難保雨勢不會大起來。安全要緊。

同學甲： 對，安全最要緊！

同學乙： 你就知道拾我的"口水溦"，能出些新主意嗎？

同學甲： 我們既是為雨所困，不如以火攻水，吃火鍋如何？

同學乙： 好的，就這樣決定！

毛毛細雨，粵語稱"雨溦"，或稱"雨溦溦"。"溦"本義為"小雨"，[1]本音"mei4"，變調讀"mei1"，例如："外面落緊雨溦，唔好走住。"（"外面正下着毛毛細雨，還是不要走吧。"）"雨溦"今或作"雨尾"，讀音相同。

　　另一個與"溦"有關的詞彙是"口水溦"，本義是"唾沫星花"。俗語"執人口水溦"，即是人家怎麼說，自己也怎麼說，沒有主見，也就是"拾人牙慧"之意。"口水溦"的"溦"（或作"尾"）也讀"mei1"。

----

① 《説文·水部》："溦，小雨也。"

頭耷，頭歡，頭頤頤

情侶在餐廳……

男朋友： 你看那邊那對男女，男的"頭耷耷"，女的"頭頤頤"，
一看就知女的霸道。

女朋友： 是嗎？

男朋友： 對啦。現在女權至上，吃飯還是男人掏腰包，可是吃
完了飯，仍是女的做主。如今做男人真"頭歡"。

女朋友： 哦。

男朋友： 所以我說呢，女孩子還是溫柔一點好……

女朋友： 你不要命啦？

男朋友： 這湯好喝。

這裡介紹三個與頭有關的詞語。

第一個是"頭耷耷"。"耷"本義是大耳朵，[1]耳大而垂，引申有垂的意思。"頭耷耷"有兩義：一是低着頭之意，例如："佢頭耷耷顧住睇雜誌。"（"他低着頭只顧看雜誌。"）二是垂頭喪氣貌，如："睇住自己捧嘅球隊輸咗波，佢成個人頭耷耷噉。"（"看見自己喜愛的球隊在比賽中輸了，他整個人垂頭喪氣的。"）俗語"頭耷耷，眼濕濕"，是形容垂頭喪氣，眼淚汪汪的樣子。

第二個是"頭顒顒"。[2]"顒"是抬頭之意，今作"岳"。"頭顒顒"是抬頭東張西望。如："佢頭顒顒唔知望乜也。"（"他抬頭四下張望，不知在看甚麼。"）"頭顒顒"也可形容趾高氣揚貌。

第三個是"頭歡"。"歡"有"痛"的意思。[3]"歡"，今已不寫本字，而以"赤"或"刺"代之。"頭歡"就是"頭疼"，例如："今日有啲頭歡，放工要去睇下醫生。"（"今天有點兒頭疼，下班要去看病。"）"頭歡"也可解作煞費思量、麻煩之意，例如："個研究員臨時辭職，搵唔到人代佢，認真頭歡。"（"那位研究員突然辭職，找不到人代替，真麻煩。"）

---

① 《玉篇·耳部》："耷，大耳也。"
② 《説文·頁部》："顒，前面岳岳也。"
③ 《廣韻·錫韻》："歡，痛也。"

92

攽 紕

（披）並音 "pei1"

披肩遮掩紕口衫

女兒想穿新衣服和男朋友上街，因為新衣服有些地方 "紕口"，唯有請母親幫忙⋯⋯

女兒： 媽媽，我想在星期天穿這件衣服，麻煩你把 "紕口" 的地方補好吧！

母親： 你這麼大個人，連衣服也不會補嗎？

女兒： 我很忙呀！這個星期功課又多，還要當家教⋯⋯

母親： 鬼靈精騙人，有時間拍拖，沒時間補 "紕口" 衫？我們的餐桌舊到 "紕晒口"，又不見你陪我去買新的？自己拿塊披肩披着算了吧。

"攲"指"器破而未離"之謂。[1]後來又寫作"跛"。"攲"於今的含義是器物磨損。例如："瓦盆邊攲咗。"（"瓦盆的邊緣磨破了。"）

　　"紕"的本義是"繒欲壞"。[2]如今，"紕"有二義：

　　（1）綢緞起毛，將壞，例如："件恤衫着到紕晒。"（"那件襯衣穿到起毛了。"）

　　（2）布類的毛邊鬆散，例如："件衫領紕晒邊。"（"那件襯衣衣領邊起毛鬆散了。"）又稱"紕口"。

　　"攲"與"紕"，俗寫作"披"。

①《方言》卷六："器破而未離謂之璺，……南楚之間謂之攲。"
②《廣韻·脂韻》："紕，繒欲壞也。"

93

稳 恁

nam 6　（諗）nam6-2

恁好了才睡得稳

弟弟回到家裡，急不及待地要找哥哥去……

弟弟： 媽，哥哥在哪裡？

母親： 一早睡到“稳”晒啦！

弟弟： 甚麼？睡了嗎？還要睡到“稳”晒！明天的晚會，他答應替我“恁”笑話的……

母親： 一早“恁”好了，放在你的桌子上。

弟弟： 哈，這個哥哥真夠義氣，做事又爽手，來生再做兄弟也“恁”得過。

粵語説熟睡為"瞓到'nam6'"，"nam6"本字的寫法應該是"稔"。《説文》："稔，穀熟也。"《正字通》："稔，凡積久者亦曰稔。"故"瞓稔"即熟睡的意思。

"恁"是想、考慮的意思，[1]今作"諗"。"恁"是一個常用詞，如説："等我恁下先。"（"讓我先考慮一下吧！"）"恁"與其他詞素的結合能力很強，如："恁計"是想辦法，"恁法"或"恁頭"是主意、想法，"恁真"是想清楚，"恁唔過"是不划算，"恁縮數"是打小算盤。……真的"越恁越多"（越想越多）了。

①《集韻·侵韻》："恁，思也。"

94

嘞嘞聲

lok6-1 lok6-1 seng1

誰的英語嘞嘞聲

會議中，同事正在討論由誰去接待從總公司派來視察的外國同事……

同事甲： 我想你就代表我們出席吧，你的英語可是說得"嘞嘞聲"呀。

同事乙： 不行，我的英語是可以，但我對公司的運作還不夠熟悉。你英語雖然有些香港口音，但也很流利呀。何況你口才這麼好，辯論起來不也一樣是"嘞嘞聲"？

同事甲： 這樣，我們一塊兒上陣，彼此有個支援，免得到時"嘞嘞"下冇晒聲，好不好？

"嘞嘞聲"的"嘞"[lok1]本音"落"[lok6]，變調讀"lok1"。"嘞"本含"有才辯"之意。[①]"嘞嘞聲"解作"有口才"、"能言善道"。例如："佢講嘢嘞嘞聲，冇人夠佢諗。"（"他能言善辯，沒有人說得過他。"）"嘞嘞聲"又可解作"流利"，如說："佢講英文講得嘞嘞聲。"（"他英語說得非常流利。"）

---

①《廣韻·覺韻》："嘞，啅嘞，有才辯。"

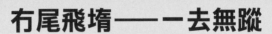

95

冇尾飛堶——一去無蹤

（冇尾飛砣、冇尾飛鉈）

mou5 mei5 fei1 to4——jat1 heoi3 mou4 zung1

秤砣和飛堶

丈夫晚了回家，太太一臉怒氣……

太太： 你到哪兒去啦？這才回來！

丈夫： 剛才碰到舊同學，大家去喝了杯啤酒，談談天，不覺就遲了，別生氣呀！

太太： 哼，追求我的時候就秤不離砣，結了婚就"冇尾飛堶"！

丈夫： 不會啦，秤砣怎會變"飛堶"？別惱別惱，快開飯，跟朋友談天醫不了肚，還是老婆好呀！

"冇尾飛堶"是粵語的歇後語。所謂"歇後語"，是由兩部分組成一句話，前一部分像謎面，後一部分像謎底，通常只説前一部分，而本意在後一部分。"冇尾飛堶"是歇後語的前部分，後部分的説話是"一去無蹤"或"有去冇回"。

　　"冇尾飛堶"的"堶"，一般寫作"砣"或"鉈"。"堶"是古時用拋擲遊戲的塼塊或瓦片。"砣"是"堶"的異體字。[①]"砣"是"秤錘"（粵語叫"秤 [cing3] 鉈"），與"堶"同音，但意義無關。

　　"尾"是指繫着塼瓦的繩子，"飛堶"是古時用繩子縛住塼瓦來擲捕飛禽走獸，或孩子用以玩耍（或稱"打瓦"[②]）的工具。無尾的"飛堶"，一經擲出，便會一去無蹤。"冇尾飛堶"現在比喻那些好動，坐不住，行蹤不定的人，或比喻做事散漫或不夠穩重或行蹤難測的人。

190

191

① 《玉篇・土部》："堶，飛塼也。"《集韻・戈韻》："堶，飛甎戲也。或作砣。"

② 〔明〕楊慎《俗言・卷一・拋堶》："宋世寒食有拋堶之戲，兒童飛瓦石之戲，若今之打瓦也。"

96

打爛沙盆璺到豚

（打爛沙盆問到篤）

daa2 laan6 saa1 pun4 man6 dou3 duk1

預防家姑璺到豚

丈夫客串洗碗……

丈夫： 老婆，你來瞧瞧，結婚時媽媽送的那套瓷碗全都崩了！

太太： 是嗎？

丈夫： 是不是洗碗時不小心碰到了？但沒理由呀，不可能全都碰爛了嘛！是上次搬家沒有包好嗎？還是給阿女碰爛的？

太太： 你瞧你，幾隻碗裂了，你就來"打爛沙盆璺到豚"。

丈夫： 我是給你演習啊！明晚媽媽來吃飯，準是要問的。這樣吧，我們趕緊另買一套。

粵方言有"打爛沙盆問到篤"一語，意謂人好尋根究柢，其實此語當寫為"打爛沙盆璺到豚"。"璺"是指器破的裂痕，[1]"豚"又作"𡱂"，音"篤"，解作"臀部"，[2]後來引申為"器物的底部"。"打爛沙盆璺到豚"一語的字面意義是説打破沙盆，裂紋一直伸延到器底，引申的用法是指人好問，對疑難究詰到底方才罷休，由於"璺"、"問"同音，故後來"璺"改寫作"問"，而"豚"也由另一個同音字"篤"字代替了。"打爛沙盆璺到豚"，北方話説成"打破沙鍋問到底"，用字稍有不同。

　　"豚"又有"盡頭"之意，如説："行到豚就到嘞"，即是説行到盡頭便抵達目的地了。

① 《方言》卷六："秦晉……器破而未離謂之璺。"
② 粵語有"沙梨豚"一詞，指的是燒豬臀部的肉。

97 生草藥——係又嗜（嗒），唔係又嗜（嗒）

saang1 cou2 joek6 — hai6 jau6 ap1, m4 hai6 jau6 ap1

人家嗜住，自己亂嗒

遊船河，大夥兒暢泳之後……

弟弟： 倒霉，該輪到我洗澡了，居然沒有水，這一回只好"嗜"住回家了。

哥哥： 噢，這樣會"嗜"出一身癬來的！

母親： 真是生草藥，"嗒"得出就"嗒"。

弟弟： 有你這樣的哥哥，實在心悒！

追本窮源：粵語詞義趣談

這是一句歇後語。中藥有生藥和熟藥之分。生藥，又稱"生草藥"，是常見於山林草野間的植物，現採現賣，少經炮製。"罨" [ap1] 本義為"覆蓋"，[①]這句歇後語中的"罨"，是指敷藥於創處。"罨"諧音"噏"（俗作"㕭"，音"ap1"），解作亂說話，[②]如："唔好噏三噏四。"（"不要說三道四。"）全句歇後語是比喻人胡說八道，也比喻人多嘴多舌。

"罨"又有"漚"的意思（"漚"音"au3"，久置潮濕之處），如："罨尿 [niu6]"、"罨汗"。"罨味"是指發霉的氣味，"罨臭"是指衣物因潮濕而發出的霉臭氣味。

"罨"又有"暗中補貼"的意思，如："佢周不時罨啲錢畀佢個仔使。"（"她經常暗中給她的兒子錢。"）便是。

①《説文‧网部》："罨，覆也。"《廣韻‧合韻》："罨，覆蓋也。"
②《玉篇‧口部》："噏，眾聲也。"

鑽寵鑽罅

（捐窿捐罅）gyun1 lung5-1 gyun1 laa3

放工周圍鑽

朋友在餐廳敘舊……

朋友甲： 這餐廳不錯。這樣偏僻的地方，虧你找得到來這裡。

朋友乙： 對呀，我平日就愛 "鑽寵鑽罅"，尋找美食。

朋友甲： 你就是有這副閒情，我可不行，平日工作忙得要死。

朋友乙： 你以為我不忙？不過覺得打份工，"辛苦搵來自在食" 啊！犯不着連命都捐出來。

"捐窿捐罅"本作"鑽寵鑽罅"[gyun1 lung1 gyun1 laa3]。"鑽"讀書音有"zyun1"（音"專"）和"zyun3"二音，口語讀作"gyun1"（音"娟"）。"鑽"[gyun1]有"穿過"、"進入"的意思。如："呢個細蚊仔最鍾意鑽檯底同牀下底。"（"這個孩子最喜歡在檯底和牀底鑽來鑽去。"）由於一般人不知道"鑽"有"gyun1"音，後來便以同音字"捐"取而代之。

　　"窿"當作"寵"。"寵"本音"lung5"（音"壟"），變調讀"lung1"，有"孔洞"的意思。[①]"窿"本音"隆"[lung4]，解作"隆起之狀"，本無"孔洞"之義。"罅"是"罅縫"的意思。

　　"鑽寵鑽罅"表面意思是指"到處走動"。如說："嗰個細路好跳，四圍鑽寵鑽罅。"（"那個小孩子很淘氣，四處走來走去。"）也用以形容會鑽[zyun3]空子，無孔不入的意思。

①《廣韻‧董韻》："寵，孔寵。"

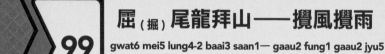
屈尾龍的鉛筆

兒子在做功課……

兒子： 媽，鉛筆"屈"了，給我刨。

母親： 拿來吧——咦，為甚麼上面有這麼多牙齒印的。

兒子： 是同學咬的。

母親： 幹嘛他要咬的你鉛筆?

兒子： 我跟別人數說他的不是，他便說我"屈尾龍攪風攪雨"，又咬我的筆。

母親： 說人家的壞話不應該，明天快跟同學道歉去！

粵語有一句歇後語，是"屈尾龍拜山 —— 攪風攪雨"。"屈尾龍"是龍捲風的俗稱，"拜山"是掃墓祭祖之意。民間有一傳說：屈尾龍本來是一條蛇，長大後變成龍，因誤殺養大牠的主人，尾巴給砍掉，變成屈尾。屈尾龍誤殺主人後，愧疚萬分，每年清明節，便從上天潛回到凡間拜祭主人。牠出現時，每每是天昏地暗，雷電交加，風雨大作，所以民間有"屈尾龍拜山 —— 攪風攪雨"之說。

　　現在"屈尾龍"多喻播弄是非，好鬧事的人。如："呢個人正屈尾龍嚟㗎！"（"這個人是個好鬧事的人！"）

　　"屈"今多作"掘"。

跪地餵豬乸 —— 睇錢份上
gwai6 dei6 hei3 zyu1 naa2 — tai2 cin4-2 fan6 soeng6

受氣就當餵豬乸

經理室門外……

同事甲： 怎麼了？經理又發脾氣了？

同事乙： 是呀，工作沒完沒了，還要天天捱罵。唉！誰叫他是上司？就當是"跪地餵豬乸"好了。

同事甲： 放鬆心情吧！別放在心上。我們同病相憐，中午一起去吃"豬扒飯"如何？

追本窮源：粵語詞義趣談

"跪地餵豬乸"是一歇後語的前半部，後半部是"睇錢份上"。"餵"的本字是"氣"，本義是贈給人的糧食或飼料。後來，"氣"解作"雲氣"之"氣"，而"氣"的本義則專用"餵"字取代。"餵"又引申有"飼養"的意思。"豬乸"是"母豬"，"乸"是粵語自造字，表示雌性，如："豬乸"、"狗乸"、"雞乸"等。拿飼料給豬乸吃，本不必禮儀周周，要委屈跪在地上，小心謹慎地餵豬乸，背後卻另有目的——是看在錢的份上。例如：一間公司的老闆，經常無故喝罵職員，職員內心雖然不滿，但為了那份薪酬，只得忍氣吞聲，逆來順受，還要對老闆裝着恭敬的模樣，這就是"跪地餵豬乸"。總括來說，"跪地餵豬乸"這句話是表示本來不願意做的事情，但看在金錢份上，卻甘願去做。

200

201

　　現在，"跪地餵豬乸"更多人說成"跪地餵豬乸"，意義沒有改變。

①《說文·米部》："氣，饋客芻米也。……餼，氣或從食。"或作"氣"、"餼"。

本書所用的粵語音標系統

本書的粵語標音，根據香港語言學學會粵語拼音方案，略作調整。
以下是本書的粵語音標系統：

1. 聲母

b（巴）	p（怕）	m（媽）	f（花）	
d（打）	t（他）	n（那）		l（啦）
g（家）	k（卡）	ng（牙）	h（蝦）	
gw（瓜）	kw（誇）			w（蛙）
z（渣）	c（叉）		s（沙）	j（也）

零聲母不用字母作標記，如"呀"只拼作 aa。

2. 韻腹

aa（沙），i（詩／星／識），u（夫／風／福），e（些／四），o（疏／蘇）；
yu（書），oe（鋸）；
a（新），eo（詢）

3. 韻尾

p（濕）	t（失）	k（塞）
m（心）	n（新）	ng（笙）
	i（西／需）	u（收）

4. 鼻音單獨成韻

m（唔）　　　ng（吳）

5. 字調

調號：1（夫／福）　2（虎）　3（副／霍）　4（扶）　5（婦）　6（父／服）

標調位置：放在音節後

舉例：fu1（夫）　fu2（虎）　fu3（副）　fu4（扶）　fu5（婦）　fu6（父）

6. 韻母字例

i（詩）	ip（攝）	it（淺）	ik（識）	im（閃）	in（先）	ing（星）		iu（消）
yu（書）		yut（雪）			yun（孫）			
u（夫）	up	ut（闊）	uk（叔）	um	un（寬）	ung（鬆）	ui（灰）	
e（些）	ep（噏）	et	ek（石）	em	en	eng（鄭）	ei（四）	eu（掉）
		eot（摔）			eon（詢）		eoi（需）	
oe（鋸）		oet	oek（削）			oeng（商）		
o（疏）		ot（喝）	ok（索）		on（看）	ong（桑）	oi（開）	ou（蘇）
	ap（濕）	at（失）	ak（塞）	am（心）	an（新）	ang（笙）	ai（西）	au（收）
aa（沙）	aap（圾）	aat（剎）	aak（客）	aam（三）	aan（山）	aang（坑）	aai（徙）	aau（梢）

7. 舉例說明

聲母	韻腹	韻尾	聲調	粵拼	字
h	oe	ng	1	hoeng1	香
g	o	ng	2	gong2	港
j	a	n	4	jan4	人
h	o	k	6	hok6	學
z	aa	p	6	zaap6	習
p	i	ng	3	ping3	拼
j	a	m	1	jam1	音
d	i	k	1	dik1	的
g	e	i	1	gei1	基
b	u	n	2	bun2	本
f	aa	t	3	faat3	法

以上是香港語言學學會粵語拼音方案，為本書粵語標音所本。至於本書的標音及調號，有兩點補充說明如下：

（1）變調的表示法：

例一：鑊鑪（wok6 lou4-1）：以 lou4-1 表示"鑊鑪"的"鑪"由本調 lou4 變調讀 lou1。

例二：擘面（maak3 min6-2）：以 min6-2 表示"擘面"的"面"由本調 min6 變調讀 min2。

（2）調號與調類的關係如下：

1－陰平、上陰入	2－陰上	3－陰去、下陰入
4－陽平	5－陽上	6－陽去、陽入

例字：1（師／必） 2（史） 3（嗜／憋） 4（時） 5（市） 6（是／別）

本書所收粵語詞彙本字今音
與《廣韻》音對照表

説明:

1. 本書正文部分由於以通俗趣味為主,所以較少交代讀音的問題,但考釋本字,除了要字義相合外,古今讀音的對應也是相當重要的,所以我們以附表的形式,列出本書所收粵語詞彙本字今音與古音的對應關係,今音指現在通行的廣州話讀音,古音則以《廣韻》的切語為準(如《廣韻》無收,或讀音不同,則採用《集韻》或其他字書的切語)。

2. 《廣韻》以反切注音,反切是中國古代學者標注漢字讀音的一種方法。簡單來說,就是用兩個漢字拼湊起來表示一個漢字的讀音,這兩個用來表示讀音的漢字叫"切語",第一個字叫反切上字,第二個字叫反切下字。我們要把《廣韻》的切語拼切為今天的廣州話讀音,方法是"上字取聲母,下字取韻母。上字辨陰陽,下字辨平仄"。舉例來說,"搲"字的切語是"楚鳩切","楚"是反切上字,我們只須取其聲母"c"和陰聲;"鳩"是反切下字,我們取其韻母"au"和平聲,加起來就是"搲"字的讀音"caul"。

3. 由於時有古今,地有南北,語音出現變化,因此《廣韻》裡有不少切語不能用基本反切原理拼切,而必須運用一些變例,才能對應今天的廣州話讀音。但限於篇幅,本書不能詳細說明,讀者如有興趣,可以參考鄧少君〈廣州話聲韻調與《廣韻》的比較〉一文,而本附表部分關於語音變化的解釋,也參考了這篇文章。

4. 本附表的格式是:第一欄列出對應本書正文的字條號碼,方便讀者翻查;第二欄列出本字,括號內為現在通行寫法;第三欄列《廣韻》、《集韻》或其他字書切語,然後以音標注出切語上下字的今音;第四欄列粵語注音,即該本字的今音;第五欄用來說明古今音變的原因。

字號	本字	《廣韻》切語			粵語注音	説 明
1	搊（抽）	切語聲韻調	楚 c 陰	鳩 au 平	cau1	
2	扼（鈕）	切語聲韻調	於 j 陰	革 aak 入	aak3-2	由於"扼"字是影母開口二等韻的字，今粵音讀做零聲母。其他例子如："鴉"（於加切）、"黯"（乙減切）等。
3	叵（菠）	切語聲韻調	普 p 陰	火 o 上	bo2-1	"叵"是滂母字，按理應讀送氣"p"聲母，今讀不送氣，是變例。其他的例字有"玻"、"坡"（二字皆滂禾切）等。
4	笄（雞）	切語聲韻調	古 g 陰	奚 ai 平	gai1	
5	凭	切語聲韻調	扶 f 陽	冰 ing 平	peng1	跟"凭"同一小韻的字都唸"pang4"，今"凭"字的口語讀作"peng1"。
6	襄（浪）	切語聲韻調	乃 n 陽	浪 ong 去	nong6	《集韻》切語。
7	瓨（烹）	切語聲韻調	普 p 陰	孟 aang 去	paang3-1	《集韻》切語。今讀陰平聲，是變調讀法。
7	鐺（錚）	切語聲韻調	楚 c 陰	庚 ang 平	caang1	"鐺"屬開口二等庚韻，今廣州話讀"aang"。
8	搲	切語聲韻調	烏 w 陰	瓜 aa 平	waa1-2	《集韻》切語。"搲"為影母合口二等韻字，今廣州話聲母為"w"。"搲"今變調讀陰上聲。
9	鋃	切語聲韻調	魯 l 陽	當 ong 平	long4-1	
10	鉻	切語聲韻調	他 t 陰	合 ap 入	taap3	"鉻"屬透母一等開口合韻，今廣州話讀"aap"韻。
11	攽（拆）	切語聲韻調	耻 c 陰	格 aak 入	caak3	《集韻》切語。

字號	本字	《廣韻》切語			粵語注音	説 明
12	蛇 (鉈)	切語 聲韻 調	除 c 陽	駕 aa 去	zaa6-3	切語上字雖為送氣聲母，但因為"蛇"是陽去聲，而廣州話陽去聲聲母要讀不送氣，所以得音"zaa6"，後來又變調讀作陰去聲。
13	櫚 (鹽)	切語 聲韻 調	余 j 陽	廉 im 平	jim4	
14	攋 (瀨、 賴)	切語 聲韻 調	洛 l 陽	駭 aai 去	laai6	《集韻》切語。
15	黶 (掩)	切語 聲韻 調	於 j 陰	琰 im 上	jim2	
15	弶 (鋼)	切語 聲韻 調	其 k 陽	亮 oeng 去	gong6	廣州話陽去聲讀不送氣。"亮"屬宕攝開口三等韻，今粵語可讀 ong 韻。
16	鰨 (撻)	切語 聲韻 調	吐 t 陰	盍 ap 入	taap3	"鰨"與"榻"在同一小韻，今讀 [taap3]。"鰨" [taap3] 因與"沙"連續產生逆同化音變，改讀成"taat3"。
17	鏾 (散)	切語 聲韻 調	蘇 s 陰	旱 on 上	saan2	"鏾"屬開口一等旱韻，廣州話讀"aan"，其他例子如："散"（蘇旱切）、"瓉"（藏旱切）等。
17	餈 (糍)	切語 聲韻 調	疾 z 陽	資 i 平	ci4	廣州話陽平聲要讀送氣。
18	脢 (梅、 枚)	切語 聲韻 調	莫 m 陽	杯 ui 平	mui4	
18	鱖 (桂)	切語 聲韻 調	居 g 陰	衛 ai 去	gwai3	"鱖"屬見母合口三等，今廣州話讀圓唇聲母"gw"。
19	餚 (堆)	切語 聲韻 調	都 d 陰	回 ui 平	deoi1	"餚"屬合口一等灰韻，廣州話讀"eoi"，其他例子如："推"（昨回切）、"頹"（杜回切）等。

字號	本字	《廣韻》切語			粵語注音	説　明
20	矚 （瀨）	切語 聲韻 調	郎 l 陽	外 oi 去	laai6	"矚"屬合口一等泰韻，廣州話讀"aai"，其他例子如："賴"（落蓋切）、"泰"（他蓋切）等。
21	茸 （蓉）	切語 聲韻 調	而 j 陽	容 ung 平	jung4	
22	煩 （枕）	切語 聲韻 調	章 z 陰	荏 am 上	zam2	
23	顢 （搣、 哑）	切語 聲韻 調	莫 m 陽	經 ing 平	mang4-1	"顢"屬開口四等青韻，廣州話讀"ing"，但廣州話本來唸"ing"韻的，有時候會讀"ang"，如："凭"（皮證切）、"盟"（武兵切）。
23	枅 （雞）	切語 聲韻 調	古 g 陰	奚 ai 平	gai1	
24	囟 （筍）	切語 聲韻 調	息 s 陰	晉 eon 去	seon3-2	
25	精	切語 聲韻 調	子 z 陰	盈 ing 平	zeng1	文讀為"zing1"，白讀為"zeng1"。
26	髁 （哥）	切語 聲韻 調	苦 f 陰	禾 o 平	go1	"髁"屬溪母開口一等，廣州話應該唸送氣"k"，今讀作不送氣的"g"，可能受聲旁"果"字唸"g"的影響。
27	鮑	切語 聲韻 調	蒲 p 陽	交 aau 平	baau6	《集韻》切語。"蒲"屬並母，中古並母仄聲字今讀"b"，"蒲交切"讀"baau4"，變調讀"baau6"。
27	皰	切語 聲韻 調	皮 p 陽	教 aau 去	baau6	《集韻》切語。"皮"屬並母，中古並母仄聲字今讀"b"，"皮教切"讀"baau6"。
28	賸 （戥、 鄧）	切語 聲韻 調	徒 t 陽	亘 ang 去	dang6	"賸"與同一小韻的"鄧"字同音。

字號	本字	《廣韻》切語			粵語注音	說明
29	婦 （抱）	切語 聲韻 調	扶 f 陽	缶 au 上	pou5	《集韻》切語。古無輕唇音聲母，今廣州話"婦"字一讀重唇音聲母"p"，是保留古音。另外，"婦"屬開口三等有韻，有韻廣州話讀"au"，今讀"ou"，屬變例。
30	屈 （掘）	切語 聲韻 調	衢 k 陽	物 at 入	gwat6	"屈"屬羣母合口字，今廣州話讀圓唇聲母"gw"。
31	⿰犭亞 （蝦）	切語 聲韻 調	於 j 陰	加 aa 平	haa1	"⿰犭亞"屬影母開口二等，廣州話讀零聲母，今讀為"h"，屬特殊音變。
31	崽 （仔）	切語 聲韻 調	子 z 陰	亥 oi 上	zoi2	《集韻》切語。今讀"宰"，音"zoi2"。
32	黸 （撈）	切語 聲韻 調	落 l 陽	胡 u 平	lou4-1	"黸"屬合口一等模韻，廣州話讀"ou"。
33	扻	切語 聲韻 調	苦 f 陰	感 am 上	ham2	《集韻》切語。"扻"屬見母開口一等，廣州話讀"h"，其他例子如："開"（苦哀切）、"康"（苦岡切）等。
33	搣	切語 聲韻 調	亡 m 陽	列 it 入	mit6-1	
34	抯 （揸）	切語 聲韻 調	側 z 陰	加 aa 平	zaa1	
35	抨	切語 聲韻 調	普 p 陰	耕 aang 平	paang1	
35	豛 （篤）	切語 聲韻 調	都 d 陰	毒 uk 入	duk1	《集韻》切語。
36	⿰卑刂	切語 聲韻 調	匹 p 陰	迷 ai 平	pai1	

字號	本字	《廣韻》切語		粵語注音	説　明
37	摑	切語 聲 韻 調	丑 c 陰	皆 aai 平	caai1	
38	撍 （撘）	切語 聲 韻 調	德 d 陰	盍 ap 入	dap1-6	《集韻》切語。
39	撏 （扲）	切語 聲 韻 調	餘 j 陽	針 am 平	jam4， ngam4	廣州話"ｊ"聲母字，白讀有時候會讀做"ｎｇ"，如："吟"[jam4]，白讀為"ngam4"。
39	畀 （比、 俾）	切語 聲 韻 調	必 b 陰	至 i 去	bei3-2	"畀"屬開口三等至韻，且聲母為唇音，故韻母讀"ei"，切讀"bei3"，變調讀"bei2"。
40	擘	切語 聲 韻 調	博 b 陰	厄 aak 入	maak3	"擘"屬幫母，幫母字廣州話多讀"b"，今擘讀"m"，是例外的變化，其他例子尚有"剝"（北角切）。
41	嗒	切語 聲 韻 調	都 d 陰	合 ap 入	daap1	"嗒"屬端母合韻，廣州話讀"daap1"，其他例子如："答"、"荅"（都合切）等。
41	啉 （冧）	切語 聲 韻 調	盧 l 陽	含 am 平	lam4-1	《集韻》切語。
42	啄	切語 聲 韻 調	丁 d 陰	木 uk 入	doeng1	"啄"字廣州話讀"doek3"，而"雞啄唔斷"一句中的啄字讀"doeng1"，屬訓讀音。
43	噍 （嚼）	切語 聲 韻 調	才 c 陽	笑 iu 去	ziu6	廣州話陽去聲讀不送氣。
43	洷	切語 聲 韻 調	綿 m 陽	婢 ei 上	mei5-1	
44	跙 （扯）	切語 聲 韻 調	淺 c 陰	野 e 上	ce2	《集韻》切語。

字號	本字	《廣韻》切語		粵語注音	説 明
45	猋(標)	切語聲韻調	甫p陰	遙iu平	biu1	"猋"屬非母,非母今廣州話多讀"f",少數讀"b",除"猋"字外,尚有"標"(甫遙切)、"鑣"(甫嬌切)起音也讀"b"。
45	檦(標)	切語聲韻調	卑b陰	遙iu平	biu1	《集韻》切語。
46	逿	切語聲韻調	他t陰	歷ik入	dek3	"逿"屬透母,透母今廣州話多讀"t",讀"d"屬變例,除"逿"字外,尚有"踏"(他合切)。此外廣州話"ik"、"ek"二韻為文白異讀。
47	䤅(氹)	切語聲韻調	徒t陽	含am平	tam4	
48	睩(碌)	切語聲韻調	盧l陽	谷uk入	luk6-1	
49	䁾(裝)	切語聲韻調	祖z陰	叢ung平	zong1	《集韻》切語。祖叢切得"zung1"音,今廣州話讀做"zong1"。
49	睺(吼)	切語聲韻調	戶w陽	鉤au平	hau4-1	"戶"屬匣母一等開口侯韻,今廣州話多讀"h"聲母,其他例子如:"荷"(胡可切)、"下"(胡雅切)等。
50	炆	切語聲韻調	無m陽	分an平	man4-1	《集韻》切語。
51	焅(焗)	切語聲韻調	苦f陰	沃uk入	guk6	"焅"屬溪母合口一等,溪母合口廣州話讀"kw"、"h"或"f",今讀"g",可能受諧聲偏旁"告"[gou3]的讀音影響。
52	焯(灼)	切語聲韻調	之z陰	若oek入	coek3	"焯"屬章母,章母廣話州多讀"z",個別讀"c",除"焯"字外,尚有"昭"(止遙切)、"縝"(章忍切)。

字號	本字	《廣韻》切語			粵語注音	説　明
53	煠（炸、熠、烚）	切語聲韻調	士s陽	洽ap入	saap6	"煠"屬開口二等洽韻，廣州話讀"aap"。
54	燽（罩）	切語聲韻調	直z陽	教aau去	zaau6-3	
54	爩（烟）	切語聲韻調	紆j陰	物at入	wat1	"爩"屬影母合口三等，影母合口三等廣州話讀"j"，少數讀"w"，除"爩"字外，尚有"威"（於非切）、"枉"（紆往切）等。
55	勾（溝）	切語聲韻調	居g陰	求au平	kau1	居求切得"gau1"音，粵人因避諱而改讀送氣，其他例子如："鳩"（居求切）、"構"（古候切）。
56	甂（邊）	切語聲韻調	布b陰	玄in平	bin1	
57	櫼（尖）	切語聲韻調	將z陰	廉im平	zim1	《集韻》切語。
57	胺（攝）	切語聲韻調	蘇s陰	協ip入	sip3	
58	采（咪）	切語聲韻調	武m陽	移i平	mai1	"采"屬開口三等支韻，開口三等支韻讀"i"或"ei"，今"采"讀"ai"屬例外變化，可能受聲旁"米"[mai5]影響。
59	掠	切語聲韻調	離l陽	灼oek入	loek6-1	
60	笮（責）	切語聲韻調	側z陰	伯aak入	zaak3	
61	惜（錫）	切語聲韻調	思s陰	積ik入	sek3	"惜"字文讀音為"sik1"，白讀為"sek3"。

字號	本字	《廣韻》切語			粵語注音	説　明
62	髧	切語 聲 韻 調	徒 t 陽	感 am 上	dam3	"髧"屬定母，定母仄聲字讀 不送氣，並改讀去聲。
63	摋 （攃）	切語 聲 韻 調	山 s 陰	皆 aai 平	saai1	《集韻》切語。
64	䡾 （襯）	切語 聲 韻 調	初 c 陰	覲 an 去	can3	
65	厇 （扙）	切語 聲 韻 調	徐 c 陽	野 e 上	caa5	"厇"屬開口三等馬韻，開口 三等馬韻廣州話讀"e"，讀 "aa"韻，屬例外變化。如： "也"（羊者切）亦讀"aa"。
65	涴 （搞）	切語 聲 韻 調	烏 w 陰	臥 o 去	wo3-5	
66	暴	切語 聲 韻 調	薄 b 陽	報 ou 去	bou6-2	
67	奇 （騎）	切語 聲 韻 調	渠 k 陽	羈 ei 平	ke4	渠羈切得"kei4"音，而跟 "奇"同一小韻的"騎"字， 今廣州話口語讀"ke4"，據 此則"奇"字口語裡也有讀做 "ke4"的可能。
67	離 （呢）	切語 聲 韻 調	呂 l 陽	支 i 平	le4	"離"屬開口三等支韻，讀 "ei"韻，今讀"e"，是受"奇 離"的"奇"字讀"e"影響。
68	衇 （馬）	切語 聲 韻 調	莫 m 陽	獲 ok 入	mak6	"衇"同"脈"，今廣州話讀 "mak6"。
69	戾	切語 聲 韻 調	郎 l 陽	計 ai 去	lai6-2	
70	俺 （㑣、 奄）	切語 聲 韻 調	一 j 陰	鹽 im 平	jim1	

字號	本字	《廣韻》切語			粵語注音	説 明
70	憸（尖）	切語聲韻調	息 s 陰	廉 im 平	zim1	"憸" 屬心母字，心母廣州話讀 "s"，而憸讀 "z" 是例外變化。其他例子如："橧"（蘇增切）也讀 "z"。
71	芍（的）	切語聲韻調	丁 d 陰	歷 ik 入	dik1	《集韻》切語。
72	瞢（忟、猛、瘱）	切語聲韻調	莫 m 陽	更 ang 去	mang6-2	
72	盯（憎、瘖）	切語聲韻調	張 z 陰	梗 ang 上	zang2	
73	摎	切語聲韻調	力 l 陽	交 aau 平	laau4-2	《集韻》切語。
74	蔫（煙）	切語聲韻調	於 j 陰	乾 in 平	jin1	
74	靱（韌）	切語聲韻調	尼 n 陽	質 at 入	ngan6	"靱" 是一個形聲字，廣州話讀做 "ngan6"，是保留了聲符刃 [jan6] 的讀音，而聲母由 "j" 變 "ng" 是由於白讀的緣故，例如廣州話叫 "碾碎" 做研 [ngaan4] 碎，但 "研" 字的文讀音是 "jin4"。"靱" 除了從刃聲外，還有一個異體字 "䩖"，從日聲，《廣韻》尼質切得 "jat6"，an、at 是陽入對轉的關係。
76	邋（辣）	切語聲韻調	盧 l 陽	盍 ap 入	laat6	"邋" 屬來母合韻，廣州話讀 "laap6"，而 "邋遢" 一詞連讀，邋字的韻尾 "-p" 受 "遢" 字的聲母 "t-" 影響，出現同化。
76	遢（撻）	切語聲韻調	吐 t 陰	盍 ap 入	taat3	"遢" 屬透母合韻，廣州話讀 "taap3"，由於 "邋遢" 一詞連讀，"遢" 字的韻尾受 "邋" 的韻尾影響，出現同化。

字號	本字	《廣韻》切語			粵語注音	説明
77	贉（盞）	切語聲韻調	徂 c 陽	贊 aan 去	zaan6-2	"贉"屬從母仄聲，廣州話讀不送氣聲母。
78	振	切語聲韻調	直 z 陽	庚 ang 平	caang4	"振"屬澄母平聲庚韻，廣州話讀送氣聲母，而韻母則為"aang"。
79	腪	切語聲韻調	陀 t 陽	骨 at 入	dat6-1	"腪"屬定母仄聲，廣州話讀不送氣聲母。
80	黔	切語聲韻調	古 g 陰	暗 am 去	gam3-4	《集韻》切語。
81	羈	切語聲韻調	眉 m 陽	耕 aang 平	mang4-1	《集韻》切語。眉耕切"maang4"，這是文讀，轉白讀"mang4"，變調讀"mang1"。
81	鋑（卒）	切語聲韻調	促 c 陰	律 eot 入	zeot1	《集韻》切語。"鋑"屬清母，清母廣州話讀"c"，"鋑"讀不送氣是例外變化，同屬清母的"鵲"（七雀切）也讀不送氣。
82	葺（輯）	切語聲韻調	七 c 陰	入 ap 入	cap1	
82	髼（蓬）	切語聲韻調	薄 b 陽	紅 ung 平	pung4	"髼"屬並母平聲，廣州話讀送氣聲母。
82	鬆（鬆）	切語聲韻調	私 s 陰	宗 ung 平	sung1	
83	納（沑）	切語聲韻調	奴 n 陽	荅 aap 入	nap6	"納"屬泥母合韻，廣州話讀"ap"韻。
84	趹（刼）	切語聲韻調	達 kw 陽	穢 ai 去	gui6	《集韻》切語。"趹"屬群母仄聲，廣州話讀不送氣，"ai"轉讀為"ui"。
84	躙（躙）	切語聲韻調	落 l 陽	帶 aai 去	laai6-4	《玉篇》切語。

字號	本字	《廣韻》切語			粵語注音	說 明
85	醮（巢）	切語聲韻調	昨 z 陽	焦 iu 平	caau4	"醮"屬從母平聲，廣州話讀送氣。昨焦切得"ciu4"音，今讀為"caau4"，相信是古音的遺讀。與"醮"同一小韻有"巢"字，音"巢"。
86	巀（擦）	切語聲韻調	初 c 陰	戛 it 入	caat3	《集韻》切語。"巀"與"察"在同一小韻。
87	怉（郁、喐）	切語聲韻調	乙 j 陰	六 uk 入	juk1	《集韻》切語。
87	悒	切語聲韻調	於 j 陰	汲 ap 入	ap1	"悒"屬影母，廣州話讀零聲母。
88	𤍠（擎）	切語聲韻調	葵 kw 陽	營 ing 平	king4	《集韻》切語。"𤍠"屬群母平聲合口，應讀圓唇送氣聲母，今讀不圓唇。"𤍠"與"瓊"在同一小韻。
88	覝（厲、癘）	切語聲韻調	郎 l 陽	計 ai 去	lai6	
89	膭（對）	切語聲韻調	都 d 陰	回 ui 平	deoi1-3	《集韻》切語。"膭"屬端母灰韻，廣州話讀"eoi"。
90	湠（尾）	切語聲韻調	無 m 陽	非 ei 平	mei4-1	《集韻》切語。
91	耷	切語聲韻調	都 d 陰	盍 ap 入	dap1	《集韻》切語。
91	頣（岳）	切語聲韻調	五 ng 陽	角 ok 入	ngok6	
91	歙（赤）	切語聲韻調	丑 c 陰	歷 ik 入	cek3	廣州話"ik"、"ek"二韻屬文白異讀。
92	妚	切語聲韻調	敷 f 陰	羈 ei 平	pei1	"妚"屬滂母開口支韻，滂母今廣州話讀"p"。

字號	本字	《廣韻》切語			粵語注音	説　明
92	紕	切語 聲韻 調	匹 p 陰	夷 i 平	pei1	"紕"屬滂母開口脂韻，廣州話讀"ei"。
93	稔	切語 聲韻 調	如 j 陽	甚 am 去	nam6	"稔"屬日母，"日母"廣州話讀"j"，今"稔"讀"n"是保留上古音。("日母"古歸"泥母")
93	恁 (諗)	切語 聲韻 調	如 j 陽	甚 am 去	nam6-2	解釋同"稔"字。
94	嚛	切語 聲韻 調	呂 l 陽	角 ok 入	lok6-1	
95	堶 (砣、鉈)	切語 聲韻 調	徒 t 陽	和 o 平	to4	
96	睯 (問)	切語 聲韻 調	亡 m 陽	運 an 去	man6	
96	豚 (篤)	切語 聲韻 調	丁 d 陰	木 uk 入	duk1	
97	罨 (噏)	切語 聲韻 調	烏 w 陰	合 ap 入	ap1	"罨"屬影母開口一等，廣州話讀零聲母。
98	竉 (窿)	切語 聲韻 調	力 l 陽	董 ung 上	lung5-1	
99	屈 (掘)	切語 聲韻 調	九 g 陰	勿 at 入	gwat6	《集韻》切語。"屈"屬見母合口字，今廣州話讀圓唇聲母"gw"。
100	餼	切語 聲韻 調	許 h 陰	既 ei 去	hei3	

參考書目

（一）參考書籍

1. 〔宋〕丁度編：《集韻》。上海：上海古籍出版社，1985 年。

2. 丁福保編纂：《說文解字詁林》。北京：中華書局，1988 年。

3. 《十三經注疏》整理委員會：《十三經注疏》（繁體字標點本）。北京：北京大學出版社，2000 年。

4. 〔清〕王念孫著、鍾宇訊點校：《廣雅疏證》。北京：中華書局，1983 年。

5. 中國社會科學院語言研究所詞典編輯室編：《現代漢語詞典》（修訂本）。北京：商務印書館，1997 年。

6. 文若稚：《廣州方言古語選釋》。澳門：澳門日報出版社，1992 年。

7. 文若稚：《廣州方言古語選釋續編》。澳門：澳門日報出版社，1994 年。

8. 孔仲南：《廣東俗語考》。上海：上海文藝出版社，1992 年。

9. 〔漢〕司馬遷：《史記》。北京：中華書局，1959 年。

10. 〔宋〕司馬光編：《類編》。上海：上海古籍出版社，1988 年。

11. 白宛如編纂：《廣州方言詞典》。南京：江蘇教育出版社，1998 年。

12. 〔清〕朱駿聲：《說文通訓定聲》。北京：中華書局，1998 年。

13. 〔梁〕沈約撰：《宋書》。北京：中華書局，1974 年。

14. 〔明〕宋濂撰、楊時偉補綴：《洪武正韻》（收《四庫全書存目叢書》經部）。台南：莊嚴文化事業有限公司，1997 年。

15. 〔唐〕李白撰：《李太白集》。上海：商務印書館，1933 年。

16. 〔唐〕杜甫撰、〔清〕仇兆鰲注:《杜詩詳注》。北京:中華書局,1979 年。

17. 〔宋〕李昉等編:《太平御覽》。台北:大化書局,1980 年。

18. 〔宋〕李昉等編:《太平廣記》。北京:中華書局,1986 年。

19. 〔宋〕吳自牧:《夢粱錄》。杭州:浙江人民出版社,1984 年。

20. 〔明〕李時珍:《本草綱目》。鄭州:河南教育出版社,1994 年。

21. 李新魁:《廣州方言研究》。廣州:廣東人民出版社,1995 年。

22. 何文匯、朱國藩編著:《粵音正讀字彙》。香港:香港教育圖書,2001 年。

23. 余廼永編:《新校互註宋本廣韻》。香港:中文大學出版社,1998 年。

24. 〔唐〕房玄齡等撰:《晉書》。北京:中華書局,1974 年。

25. 〔宋〕林洪:《山家清供》(見《叢書集成初編》)。上海:商務印書館,1936 年。

26. 周祖謨:《方言校箋》。北京:中華書局,1993 年。

27. 〔宋〕胡仔:《苕溪漁隱叢話》。北京:人民文學出版社,1962 年。

28. 〔宋〕洪興祖:《楚辭補注》。北京:中華書局,1983 年。

29. 〔清〕段玉裁:《説文解字注》。上海:上海古籍出版社,1997 年。

30. 施向東:《漢語和藏語同源體系的比較研究》。北京:華語教學出版社,2000 年。

31. 〔漢〕班固:《漢書》。北京:中華書局,1962 年。

32. 〔南唐〕徐鍇:《説文解字繫傳》。北京:中華書局,1998 年。

33. 〔漢〕許慎:《説文解字》。香港:中華書局(香港)有限公司,1996 年。

34. 〔唐〕陸德明撰:《經典釋文》。北京:中華書局,1983 年。

35. 〔明〕張自烈:《正字通》。合肥:安徽教育出版社,2002 年。

36. 〔明〕梅膺祚:《字彙》。合肥:安徽教育出版社,2002 年。

37. 〔明〕屠本畯:《閩中海錯疏》。上海:上海古籍出版社,1987年。

38. 〔清〕畢沅:《釋名疏證》。上海:上海古籍出版社,1995年。

39. 梁鼎芬等修、丁仁長等纂:《番禺縣續志》。台北:成文出版社,1967年。

40. 張勵妍、倪列懷編著:《港式粵語詞典》。香港:萬里機構‧萬里書店,1999年。

41. 陳伯煇:《論粵方言詞本字考釋》。香港:中華書局(香港)有限公司,1998年。

42. 陳伯煇、吳偉雄:《生活粵語本字趣談》。香港:中華書局(香港)有限公司,1998年。

43. 〔清〕彭定求等編:《全唐詩》。北京:中華書局,1979年。

44. 黃錫凌:《粵音韻彙》。香港:中華書局(香港)有限公司,1979年。

45. 黃氏:《粵語古趣談》。香港:文星圖書公司,1993年。

46. 黃氏:《粵語古趣談續編》。香港:文星圖書公司,1997年。

47. 裘錫圭:《裘錫圭自選集》。河南:河南教育出版社,1994年。

48. 〔明〕楊慎撰:《俗言》(收《叢書集成》初編)。上海:商務印書館,1936年。

49. 詹憲慈:《廣州語本字》。香港:中文大學出版社,1995年。

50. 〔宋〕趙叔向撰:《肯綮錄》(收《歷代筆記小説集成》第7冊)。石家莊:河北教育出版社,1995年。

51. 漢語大字典編輯委員會:《漢語大字典》。四川辭書出版社、湖北辭書出版社合印,1993年。

52. 〔唐〕慧琳、〔遼〕希麟:《正續一切經音義》。上海:上海古籍出版社,1986年。

53. 楊子靜:《粵語鉤沉 —— 廣州方言俗語考》。廣東:廣東高等教育出版社,1993年。

54. 〔宋〕歐陽修、宋祁:《新唐書》。北京:中華書局,1975年。

55. 劉殿爵編:《爾雅逐字索引》。香港:商務印書館,1995 年。

56. 劉殿爵編:《戰國策逐字索引》。香港:商務印書館,1992 年。

57. 魏偉新編著:《粵港俗語諺語歇後語詞典》。廣州:廣州出版社,1997 年。

58. 饒秉才、歐陽覺亞、周無忌:《粵語方言詞典》。香港:商務印書館(香港)有限公司,1998 年。

59. 〔梁〕顧野王著、〔宋〕陳彭年等重修:《大廣益會玉篇》。北京:中華書局,1987 年。

(二)參考論文

1. 白宛如:〈粵語本字考〉。《方言》第 3 期,《方言》編輯部編。北京:中國社會科學出版社,1980 年,頁 209-223。

2. 單周堯:〈《說文》所見粵方言本字零拾〉。《第一屆國際粵方言研討會論文集》,單周堯主編。香港:現代教育研究社有限公司,1994 年,頁 179-187。

3. 羅忼烈:〈《說文解字》裡的粵語字〉。《中國語文通訊》第 3 期,香港中文大學中國文化研究所吳多泰中國語文研究中心出版,1989 年,頁 8。

4. 鄧少君:〈廣州話聲韻調與《廣韻》的比較〉。《語文論叢》,上海:上海教育出版社,1981 年,頁 134-156。

5. 陳雄根、張錦少:〈《廣韻》所見粵方言本字研究〉。第七屆國際粵方言研討會宣讀論文,未刊稿。

責任編輯	姚永康　鄭海檳
書籍設計	a_kun
排　　版	楊　錄

書　　名	**追本窮源：粵語詞義趣談**（插圖本 · 修訂版） Tracing the Source: Fun with Cantonese Words and Phrases
著　　者	陳雄根　何杏楓　張錦少
插　　圖	柯曉冬
出　　版	三聯書店（香港）有限公司 香港北角英皇道 499 號北角工業大廈 20 樓 Joint Publishing (H.K.) Co., Ltd. 20/F., North Point Industrial Building, 499 King's Road, North Point, Hong Kong
香港發行	香港聯合書刊物流有限公司 香港新界荃灣德士古道 220-248 號 16 樓
印　　刷	美雅印刷製本有限公司 香港九龍觀塘榮業街 6 號 4 樓 A 室
版　　次	2006 年 4 月香港第一版第一次印刷 2022 年 5 月香港修訂版第一次印刷
規　　格	32 開（130 × 190 mm）240 面
國際書號	ISBN 978-962-04-4942-0